FOLIO POLICIER

Jean-Bernard Pouy

RN 86

Gallimard

Cet ouvrage a été précédemment publié aux Éditions CLÔ en 1992, puis repris dans la collection Série Noire.

Prix Polar 1989, trophée 813 du meilleur roman 1992, prix Paul-Féval 1996, Jean-Bernard Pouy est un auteur inclassable, inventeur de génie de constructions romanesques rigoureuses, à la fois tendres et féroces, passionnantes et drôles.

"... Quand j'ai commencé à vouloir parler du comique dans l'amour, vous vous êtes peut-être attendus à trouver une occasion de rire, car vous aimez tous à rire, comme d'ailleurs moi-même, et pourtant vous n'avez peut-être pas ri..."

Sören Kierkegaard
(In Vino Veritas)

1

On a les madeleines qu'on mérite.

Et Léonard s'en rendait enfin compte, presque trente-cinq ans après. Bien sûr, ses parents, il y a longtemps, l'avaient amené là, lors de ces échappées qui faisaient que les vacances au soleil demeuraient toujours un peu éducatives, des devoirs estivaux en quelque sorte, en lui disant regarde bien, fils, c'est le même que celui qui est dans ton livre de classe, et t'as de la chance, fils, tu le vois en vrai. Et Léonard, s'il ne se souvenait pas très bien de cette visite que ses vieux auraient voulu inoubliable, avait, en revanche, une image toujours très nette de cette obligatoire vignette, sur les livres de la classe élémentaire, de ce réalisme un peu aplati par la gravure, comme un timbre, ne dénotant pas tellement un pont, celui d'Avignon faisait déjà le boulot, mais plutôt un signe, celui de la romanité triomphante, le pont du Gard c'était quand même plus grandiose, et utile, que la hutte de nos ancêtres les Gaulois. Les Romains ! Les Grands Anciens ! La civilisation ! Des bâtisseurs comme on n'en fait plus ! Des modèles de civisme et de génie ! Certes, il y avait la barbarie, les lions face aux gladiateurs, le taureau qui encorne la pauvre sainte Blandine, mais enfin, d'abord la corrida existe toujours, et puis, les Romains, qui avaient oublié d'être des imbéciles, s'y sont mis, au christianisme, la preuve, aujourd'hui, Rome, c'est plus le pape que le Colisée.

Un car clinquant, au vrombissement feutré, frôla Léonard qui eut le temps d'apercevoir, la temporale écrasée contre les vitres, les membres endormis d'une escouade troisième âge sans doute en route pour la Costa Brava, mais ne pouvant pas décemment éviter le détour par cet aleph de ruine, cet empereur des vestiges du temps passé, le tas de vieilles pierres le plus visité après le Mont-Saint-Michel (que justement ils avaient été voir, avec le Club, l'année dernière). Et, à moitié réveillés, les petits vieux, avant d'aller déguster les gambas promises, ont dû avoir une vision un peu fantomatique de cette muraille blanchâtre, ils ont peut-être eu légèrement peur, ou quelque dédain, tout ce côté squelette de pierre au petit matin, et puis tout ce qui était ruine, ils y sentaient confusément comme une métaphore de leur propre état et préféraient se retrouver au soleil, baigner dans cette jeunesse dont ils espéraient, à tout instant, et avant qu'il ne soit trop tard, sentir encore la morsure.

Tout était redevenu silencieux, le car s'était fondu dans les frondaisons de la rive d'en face, et on n'entendait plus que les croassements résonnants de choucas, au-dessus, et le gazouillis du

Gardon, en dessous, tellement vert sombre qu'il approchait le bleu de Prusse.

Léonard frissonnait un peu, sa maigre veste de toile noire n'arrêtait pas l'air mouvant et encore glacé. Le taxi l'avait débarqué là, sur la rive gauche, à quelques enjambées du pont du Gard, quelques encablures, diraient des aventuriers dont Léonard ne faisait pas partie, n'étant qu'un novice, étranger à cet endroit, à ce pays, même si le monument faisait déjà partie de son histoire personnelle. De son histoire récente. De ses mauvaises pensées.

La pierre jaune était, au soleil levant, presque blanche, comme un linceul minéral. Le pont semblait vide, évidé même, dans l'air étincelant, lavé par le mistral, une atmosphère ciselée, qui libérait tous les détails, la moindre feuille d'arbousier ou de chêne vert semblant se découper, exister hors de ses multiples sœurs. Le pont paraissait se réveiller d'un cauchemar pâle, un peu exsangue, et Léonard avait choisi cette heure-là pour se retrouver face à lui, sachant qu'il y serait presque seul, mais aussi pour être comme lui, neuf à cette journée.

Au réveil. Pour commencer. Tout recommencer. Et, comme la pierre, devenir, au fil du temps, des heures, plus ocre, chaud, vieux, marqué, usé, au bord d'une érosion, près de la poussière, ce sûr avenir des êtres et des choses.

Car le pont en avait des choses à dire à Léonard.

Et Léonard ne savait pas quoi.

En tout cas, redoutait de savoir. Car il portait en lui une douleur qui valait bien les mauvais rêves du pont, un malheur dont il voulait se débarrasser et c'est pourquoi il était là.

N'importe comment, c'était sa seule piste, une maigre trace, une carte postale, tout simplement, qu'il avait trouvée dans le sac de voyage de sa femme, il y avait maintenant presque trois mois.

Il fallait donc qu'il commence par le pont, comme si celui-ci était le Grand Antique, le Sage qui possède la vérité, le Vieux Conteur qui lui raconterait sa vilaine histoire, le Griot.

Le malheur de Léonard était complexe, et pourtant si simple par rapport aux malheurs du monde. Mort, disparition, douleur, manque. Tout ça sans raison. Léonard souffrait depuis trop longtemps déjà, et il ne savait pas pourquoi. S'il y pensait, d'une manière précise, il ne savait pas par où commencer. Et il était bien obligé, pour donner une image compréhensible de ce qui lui était arrivé, d'en faire une relation qui sonnait comme un fait divers, comme une lamentable bavure ordinaire, avec ce qu'il faut de détresse pour faire dresser l'oreille d'un quelconque humain, et avec ce qu'il subsiste de dérisoire pour qu'on l'oublie vite...

Et tout ce monumental, devant lui...

Le bas des choses face au temps...

Léonard grimpa, sur la droite, à travers les arbustes, un chemin menant vers le haut de la petite garrigue jouxtant l'aqueduc. La pierre, de grandes dalles lustrées par des milliers de godasses, était un peu glissante, dans la rosée du matin, et il préféra marcher sur un gravier un peu épais, un cailloutis friable, à ras les épineux. Plus haut, on pouvait accéder au faîte du pont par un escalier en colimaçon, étroit, marches également creusées par l'incessant va-et-vient des touristes, ça lui rappela vaguement celui qui menait au bourdon, en haut des tours de Notre-Dame, l'échelle de Quasimodo, et il arriva dans l'étroit goulet où, il y a longtemps, coulait l'eau, dans le conduit de l'aqueduc, sombre boyau, tunnel carré de pierre. Il se hissa sur les dalles supérieures et se retrouva, une soixantaine de mètres au-dessus de la route, encore plus au-dessus du Gardon, en plein vent, face à une nature qu'on ne pouvait sentir autrement qu'impériale. L'air pur, toute cette limpidité, lui montrait la garrigue lointaine, des villages accrochés à des collines, le doux serpentement de la rivière, déjà comme des gorges.

Il s'assit, avec précaution, sur le bord, les jambes presque dans le vide et pensa un instant s'y jeter, et tomber, ensemencer le paysage avec ses tripes froides, pierre glacée s'écrasant plus bas sur d'autres pierres, rouge se mêlant au jaune pâle et au vert profond, camaïeu de viscères fatigués...

Bien sûr il aurait pu se suicider, en finir avec ce qui n'était plus une vie, mais qui l'était encore, puisqu'il était là, sur ce pont, et qu'il y avait bien un peu d'espoir puisqu'il était là, sur ce pont, et que c'était donc qu'il attendait encore quelque chose, puisqu'il était là, sur ce pont.

Léonard avait été marié longtemps, quinze ans presque, avec Lucie.

Une vieille histoire, à son échelle au moins aussi ancienne que celle de l'édifice sur lequel il asseyait son être. Quinze ans d'un bonheur un peu replet, quand on approche de la quarantaine on apprend à se persuader d'être heureux. Et même approchant, tous les deux, la seconde partie de la vie, celle qui glisse lentement de l'autre côté du tremplin, ils se donnaient les moyens d'être bien, un intime réglé, une connivence maîtrisée, la joie du calme. Le travail, bien sûr. Ces occupations qui font couler le temps plus vite et deviennent préoccupations.

Léonard savait que le pont était en sursis, pas vraiment lui-même, mais son image, son entourage immédiat, son avenir. Il était question de rénover, de restructurer l'alentour, de préserver, de patiner le patrimoine. Lui aussi, il était comme en rénovation, il était là pour dégager, tout autour de lui-même, tout ce qui pouvait être de la scorie, pour reparaître neuf, plaire davantage, accueillir mieux.

Lucie, un jour, était partie pour un de ces stages en province qu'elle pratiquait beaucoup. A Nîmes. Des histoires d'informatique et de documentation. Une semaine de conférences et de tête-à-tête avec des machines pensantes. Léonard aimait bien ces absences. Il se retrouvait seul, dans l'appartement parisien, se refaisait des marques, réapprenait à manger froid et mal, écoutait, très fort, les disques que Lucie ne supportait pas, sortait beaucoup, seul on est mieux au cinéma.

Mais elle n'était revenue qu'un mois après, et quand Léonard, au bout de dix jours, s'en était inquiété, elle lui avait dit simplement, une voix tellement agressive au téléphone, froide et brûlante en même temps, qu'elle allait revenir, un peu de patience, et que si jamais, maintenant et à son retour, il lui posait une seule question, elle partirait pour toujours.

Comme la pierre sur laquelle il était assis, Léonard s'était alors effrité lentement, érosion au ralenti, il n'avait plus pensé à rien, qu'à ça, il avait souffert, cette boule gluante en haut de la poitrine, près de la gorge, et il avait fait un patient travail sur lui-même, elle allait revenir, elle l'avait dit, sa propre liberté commence par celle qu'on accorde aux autres, il n'était plus temps d'être jaloux, poussière d'Othello, leur longue histoire était désormais indestructible, ce n'était pas une aventure qui la bousillerait, c'était, comme le dit la chanson, qu'une simple exultation du corps, bien sûr, nous eûmes des orages, mais les vieux amants défient le temps.

Et maintenant Léonard était là, comme pour demander un simple conseil au vieux pont qui en connaît un rayon sur le devenir général, qui souffre, gémit, part en poudre minérale, mais qui résiste au mistral, au vent, au touriste, à l'attaque permanente des canifs et outils qui le gravent, Léonard regardait, autour de lui, toutes ces signatures, Popaul juin 78, Marinette juillet 80, et surtout ces compas des maçons du Tour de France pour qui le pont était une des étapes essentielles de leur compagnonnage.

Et puis, butée, malheureuse et radieuse à la fois, Lucie avait regagné la maison, ses baisers étaient les mêmes mais pourtant autres, Léonard n'avait rien dit, sûr qu'elle lui avouerait tout très rapidement. Il se mit à l'aimer avec toute l'énergie du désespoir, certain qu'elle n'était plus la même, nourrie, changée, grandie peut-être par une histoire où il n'avait eu, pour la première fois depuis quinze ans, aucune part.

Et puis Lucie était morte. Un accident de bagnole du vendredi soir, sur la nationale 20. Elle avait percuté un camion, de plein fouet. Perte de contrôle du véhicule, avait statué la gendarmerie, le camionneur, choqué, avait décrit la trajectoire directe de la voiture contre son semi-remorque. Comme volontaire. Comme un suicide.

Léonard avait violemment plongé dans le désespoir, la tête sous l'eau, avait mis trois mois à boire sa douleur, mais avec, derrière la tête, tapie comme un virus réactivé, cette mauvaise pensée, elle avait payé, il venait de perdre une femme, un amour qui n'était pas complètement parfait, puisqu'il y avait ce trou d'un mois, ce vide. Cette faute, se surprenait-il même à penser, devenant presque fou quand il se rendait compte qu'il ne pourrait plus savoir ce qui s'était passé, avant, à Nîmes, lors de cette absence totale et prémonitoire de sa femme.

Et puis, petit à petit, il avait réglé le substrat funéraire des choses vivantes de Lucie, et avait décidé de savoir. De tenter. De chercher. Sa seule solution pour redevenir neuf, pour se restructurer, pour affronter à nouveau le temps.

Comme le pont.

Quand sa femme était revenue, il n'avait posé aucune question, fait comme si de rien n'était, mais dès qu'elle était sortie, le boulot, ou les courses, il ne se souvenait pas bien, il avait fouillé avec fièvre son sac de voyage, ses affaires, ouvert des tiroirs, épluché son carnet d'adresses, espéré le journal intime, passé le filofax au crible, le feu aux tempes, la main qui tremblait.

Mais n'avait rien trouvé.

Que cette carte postale du pont du Gard, coincée dans des documents de stage, entre deux dossiers. Il avait vérifié, le pont était à une vingtaine de kilomètres de Nîmes. Peut-être tout simplement le souvenir un peu ringard d'une visite obligatoire.

Alors il avait étudié patiemment le visage de Lucie, ses réactions, sa manière de bouger. Peu de choses avaient changé, elle était la même, leurs étreintes avaient gagné même une grande nervosité, comme une urgence, mais dans les gestes de Lucie, dans son regard, dans sa façon de manger, de parler, de lire, de se laver, de s'habiller, il y avait un gouffre muet, un trou noir, quelque chose qu'on ne voit pas mais qu'on sent, qu'on devine, dont on mesure l'importance, quelque chose qui est obligatoirement là, invisible, transparent, prêt à bouffer le reste du monde.

Léonard avait décidé d'attendre.

Un jour, elle lui dirait tout, sans doute en pleurant. Peut-être, espérait-il, mauvais, vengeur, en implorant son pardon et l'oubli.

Et alors il pourrait lui jeter sa propre douleur à la face, et lui montrer comment, lui aussi, avait souffert.

Et puis l'accident, en revenant d'Antony. Le coup de téléphone de la gendarmerie, vers 19 heures. Le vide partout.

2

Léonard était resté un long moment face au pont en devinant confusément qu'il y reviendrait souvent, que là serait comme une source. Il avait été conçu pour convoyer l'eau claire, la limpidité. Là, était gravée une vérité, il n'y avait pas de raison, ça ne pouvait être que là, pourquoi ailleurs...

Et puis il avait marché, longtemps, les mains dans les poches, son sac de toile accroché aux épaules, il avait suivi une route, une enfilade de platanes et s'était arrêté souvent devant un arbre, en le regardant bien, comme si c'était la première fois qu'il en voyait, du platane, cette magnifique arborescence, bruissante, auberge à cigales, râpe de bois blanc crissant sous le mistral, avec son tronc lépreux, dont l'écorce part en petites strates cassantes, et cette moquette de duvet jaune brun, ces petites boules poilues et piquantes, partout, sur le sol, tout autour.

Et puis il sentait le platane en même temps comme un ami et un ennemi, un arbre qui concernait sa vie récente, c'était sur lui que, avant, les voitures s'aplatissaient, avant qu'on les arrache pour les remplacer par des rocades et des bretelles.

Il avait longé une sorte de camping, des caravanes semblaient dormir sous les pins, et aussi des terrains plus ou moins vagues, un faux golf, un colombier, une petite usine où l'on fabriquait des poteaux électriques, des villas, sur la droite, avec des chiens et des haies de thuyas, de grands champs descendant vers la rivière, un parking où étaient alignés de gros camions jaune d'or, un marchand de meubles, et un pont suspendu, un peu craquelé, dont le fer et le béton tremblaient sous les roues des véhicules.

Une petite ville basse, de l'autre côté.

Beaucoup de voitures déjà. La route de Nîmes. La nationale 86.

Remoulins.

Léonard, pour un peu, se serait pris pour l'étranger arrivant dans une ville de western, à pied, balluchon sur l'épaule, le mec qui vient pour se venger et dont chacun sait qu'il va vers le drame, la mort. Comme ce film avec Clint Eastwood où celui-ci terrorise les habitants et leur fait repeindre toutes les baraques en rouge vif.

Mais Léonard n'allait vers rien. Il ne savait rien. N'avait rien à faire. Pas d'arme. Seulement une carte postale et deux photos agrandies de Lucie. Et une patience résignée.

La petite ville lui parut d'abord assez laide, il arriva par une place, encombrée de voitures, avec de jolies maisons autour, mais bouffées par de vieilles enseignes et creusées de toutes sortes de magasins, bars.

La place des Grands-Jours...

Un signe. Personne, ici, ne pouvait deviner que c'était peut-être un grand jour pour cet homme, en veste de toile noire, ni grand ni petit, avec son front un peu dégarni, ses yeux cernés, ses mains blanches et tremblantes qui allumaient cigarette sur cigarette.

Remoulins, c'était surtout une nationale, une route qu'elle barrait d'un feu rouge forçant les camions impatients à ralentir et à s'arrêter. Bruit. Odeur de diesel, dans l'air qui se réchauffait petit à petit. Des panneaux, Nîmes vingt kilomètres, Alès quarante, Uzès dix-sept. Un arrêt d'autocar. Une maison de la presse. Un café du Nord. Un hôtel Moderne.

Dans lequel Léonard prit une chambre, comme toutes les chambres des petits hôtels de province qui se sont lancés dans le modernisme, insonorisation, climatisation, télévision, avec un lit sans perspective sur lequel Léonard écouta longtemps les bruits du dehors, moteurs freinant et démarrant, crépitements de mobylettes, quelques injonctions à l'accent du Sud parvenant à passer outre le fracas de la circulation. Il avait ouvert la fenêtre, pour entendre plus le dehors que le dedans, ses battements de cœur, les coups sourds de ses impulsions sanguines. Et puis Léonard se mit à pleurer, car il repensait à Lucie, à ses yeux clairs, ses épaules, sa façon brutale de rigoler, tous ces abandons où elle lui jurait qu'elle l'aimerait à jamais. Ce qui était sûrement vrai, il n'avait pas la preuve contraire. Mais qu'est-ce qui avait pu bon Dieu lui arriver pendant ce trou noir d'un mois ? C'est long un mois. On peut vivre des moments inégalables, ineffaçables d'une mémoire normale. En trente jours. Trente et un, puisque c'était au mois de mai.

En tout cas, elle avait dû voir les cerises, sur les arbres, et les grandes échelles de bois.

Lucie n'était pas une aventurière, je me souviens de la croix et la bannière que c'était pour la faire partir en vacances à l'aveuglette, et puis, elle était venue là pour un stage d'informatique, ce n'était quand même pas la traversée de l'Amazonie à mains nues. Qu'est-ce qu'elle avait bien pu faire ? Elle n'avait ni attaqué de banque, elle n'avait pas été violée, ou battue, même si je lui avais demandé ce qu'était la longue estafilade qu'elle avait sur l'avant-bras et elle avait répondu qu'elle était tombée de vélo, à Nîmes, dans une petite rue, près de la Fontaine, les conducteurs, là-bas, étaient du genre nerveux.

Et j'ai eu le temps de ressasser, dans le vague, le vide, le presque rien, l'à-peu-près, toutes les possibilités. Rien ne tenait. A part l'amour. Une histoire d'amour. Une rencontre imprévisible, le coup de foudre, le truc tout con. C'était la seule solution, la seule réalité. Du probable.

Mais on ne se suicide pas pour ça.

Si jamais elle s'était suicidée. La bagnole, je venais de la faire réviser, et puis elle n'avait que soixante mille bornes, le coup de la direction qui pète, c'était improbable.

Elle s'était peut-être endormie au volant.

A six heures du soir ?

Lucie qui ne s'endormait qu'après minuit. Depuis toujours.

Pour ne pas avoir à repleurer, en pensant à ses bras soutenant sa tête, à l'oreiller toujours en travers, à ses tee-shirts rouges, ceux qu'elle ne mettait que la nuit, à la bouteille d'Évian près du lit, au livre mille fois lu, je suis ressorti.

Il fallait bien commencer.

Personne ne le ferait à ma place.

J'ai avalé un café au petit bar, presque au pied de l'hôtel. Peu de monde. Au mur des photos de taureaux. J'ai mis un petit moment à me rendre compte qu'il ne s'agissait pas de corrida, mais de course à la cocarde.

3

La gendarmerie était presque au bout de l'avenue, une bâtisse blanche et carrée, au bord de la nationale, à côté d'une pharmacie, jouxtant presque le bureau de poste. Plus loin encore un feu, et un carrefour, la nationale 86, vers Bagnols. En face, la route d'Avignon, la 100. Dans le bleu intense de l'air, Léonard la voyait, toute droite, s'enfoncer, au loin, flèche grise, dans la garrigue.

Et des voitures, plein de voitures, arrivant de tous côtés.

Léonard monta l'escalier extérieur de pierre, sonna à la porte et entra dans une petite pièce claire où un gendarme lisait le *Midi Libre*. Léonard, emprunté, timide, demanda s'il était possible de voir le responsable, ou le commandant, le chef quoi, pour des raisons personnelles, le gendarme hésita, le soupesa du regard, demanda si c'était pour une plainte, Léonard fit non de la tête, le gendarme haussa imperceptiblement les épaules, le fit asseoir sur un siège de skaï noir et lui demanda d'attendre un instant. Sur une autre chaise, il y avait un vieil homme, avec de gros doigts boudinés et ravinés, la tête baissée, le pantalon de velours plein de terre séchée, qui ne le regarda même pas.

Et puis un brigadier arriva, avenant, interrogatif, détaillant Léonard avec une rapidité toute professionnelle, et le faisant enfin entrer dans un bureau, avec, sur le visage, toute une myriade d'expressions du genre "je ne sais pas ce qu'il veut me dire ce gus, mais on ne sait jamais, s'il veut me parler c'est qu'il y a peut-être de la délation dans l'air, ou tout simplement il veut me demander un conseil, après tout, la gendarmerie, c'est aussi ça, on aide les gens, on ne poursuit pas que les voleurs de poules et les chauffards, on ne fait pas que faire chier les conscrits, on est là aussi pour renseigner, épauler, si au moins on pouvait, une bonne fois pour toutes, nous l'enlever, ce képi à la con qui nous fait ressembler à des boîtes de conserve..."

Le brigadier-chef Boulard regarda avec attention les deux photos que Léonard lui avait données, et prit un air un peu trop dépité, presque déçu.

— Non. Je ne crois pas avoir vu cette femme. Du moins pour des raisons professionnelles.

Il avait eu l'air poliment intéressé quand Léonard lui avait vaguement raconté son histoire, sans ne rien cacher, il n'était plus temps de jouer avec les mots, et puis c'est en disant tout qu'il aurait une chance de démêler l'écheveau, de lever le lièvre, et puis Léonard se foutait désormais du mauvais rôle qu'on pouvait lui faire jouer, ce rôle de possible mari trompé, ce cocu qui fait encore tant rire, ce cornard mythique qui alimente bon an mal an la moitié des faits divers et des blagues de bistrot...

— Vous savez, ici, des millions de gens passent. Il y a le pont du Gard, à deux kilomètres, mais c'est surtout la route qu'empruntent les Allemands pour aller en Espagne. Rien que l'été, vous ne pouvez pas savoir. Vous avez sans doute entendu parler du bouchon de Remoulins. A chaque grand départ, à chaque retour en masse, vous savez, les jours rouges ! eh bien Bison Futé nous fait le grand honneur de citer notre petite ville.

— Si elle est passée dans le coin, c'était en mai...

— Toute l'année, c'est pareil...

Léonard dut prendre un air d'une déception infinie, car le brigadier se mit à lui parler d'une voix un peu monocorde, une logorrhée bien calibrée qui se voulait rassurante, consolante, paternaliste.

— Mais vous avez eu raison, d'une certaine manière, de venir nous voir. Le gendarme sait presque tout. *In tenui labor*, comme on disait avant. Le travail a pour objet des choses infimes.

Que ce type parle en latin, ça doit être encore l'influence des Romains, pensa Léonard.

— Mais je voudrais vous avertir... D'abord une évidence. Cette région est criminogène, vous connaissez la réputation du triangle Nîmes-Marseille-Avignon. Le grand banditisme. Ici, on attaque le fourgon blindé au lance-missiles...

— Ce n'est pas pour ça que...

— Laissez-moi terminer, je sais que votre femme n'a rien à voir avec tout ça, mais nous, oui.

Vous me montrez de très jolies photos d'elle, alors que notre tête est remplie d'un trombinoscope un peu spécial, celui des délinquants parmi les plus recherchés de France. Plus toutes nos petites affaires locales, les pirates de la route, les braquages de fourgon, des enquêtes qui nous restent plus ou moins sur les bras pendant des années, car nous sommes patients, nous trouvons toujours.

— C'est un peu pour cela que je suis venu.

— Je comprends bien. *Qui habet aures audiendi audiat.* Que celui qui a des oreilles pour entendre entende. Vous avez raison. Malheureusement, à l'époque où votre femme était peut-être par ici, nous avons eu un sacré boulot. Une période faste, si j'ose dire. Une attaque de train. Carrément. Pas loin d'ici, à Jonquières. Un meurtre, sur la route, plus haut, du côté de Valliguières, un couple et leur chien tués au fusil de chasse dans leur voiture, et une touriste hollandaise en overdose. Plus le train-train quotidien. Genre les saisonniers qui descendent des Cévennes, les chevelus qui campent près du Gardon. Pour les asperges et les cerises. Alors, je vous avoue qu'on n'a pas eu le temps, au bord de la route, de photographier tous les gens de passage.

— Bien sûr...

Cela faisait déjà un petit moment que Léonard regrettait d'être venu. Il n'avait qu'une envie, c'était de se barrer, échapper à la péroraison, à ce discours paradoxal de syndicat d'initiative, et, de plus, il sentait venir la leçon de morale, un type qui parle latin ne pourra pas s'empêcher de lui donner le conseil du pépé, du père civique et musclé.

— Et puis faites bien attention, monsieur Laigneau. *Tarde venientibis ossa.*

Ceux qui viennent tard à table ne trouvent plus que des os. Personne ne peut vous empêcher de faire votre... enquête... si je peux m'exprimer ainsi, mais en posant des questions, vous vous mettrez dans la position du fouineur, qui n'est pas forcément une position confortable. Et qui peut devenir une position interdite par la loi.

— *Non licet omnibus adire Corinthum*, Léonard se depêcha de glisser en souriant.

— Exactement. Il n'est pas donné à tout le monde d'aller à Corinthe. Et je rajouterais même : *Ne, sutor, supra crépidam.*

— Cordonnier, pas plus haut que ta chaussure...

Là, le gendarme était un peu scié à la base.

— Je suis professeur de latin, avoua Léonard, je n'ai pas votre mérite.

Il ne savait pas pourquoi il avait dit ça. Peut-être par gentillesse envers le brigadier et son beau képi, son beau cylindre de feutre. Léonard n'était pas professeur de latin, tout juste enseignant, cherchant, en école professionnelle, à enfoncer, dans le crâne endurci et incrédule d'adolescents largués, des rudiments de plomberie. Peut-être que pour lui, le latin était une sorte d'aristocratie de l'enseignement, il ne savait pas trop. Par militantisme, il y a longtemps, il avait préféré quitter son poste de prof de travaux manuels dans un lycée empli à ras bord de fils de bourgeois parisiens, pour aller s'occuper un peu des plus démunis. Il était passé du cerf-volant, de la reliure et de l'électricité amusante au collet battu, à la cintreuse de 12/14 et à l'écrou en 15/21.

D'autres copains, qui de l'idéologie avaient une idée plus impérieuse, s'étaient retrouvés à l'usine, mais peu avaient résisté longtemps et ils étaient revenus dans les chaudes pantoufles de leur déterminisme social. Léonard avait tenu. Plus par flemme qu'autre chose. Trop de tracas pour rechanger de boulot. Il était souvent content avec ses futurs apprentis. Sa culture, il se la gardait pour lui tout seul.

Les citations en latin, ça lui venait de l'enfance, un père fonctionnaire lui aussi, à croire que la culture officielle passe par là, par cette somme de proverbes et de locutions latines, une culture de pages roses du dico. Ça aussi, ça disparaît, des pages roses, il n'y en a plus, le rose est ailleurs, dans la politique et les minitels.

4

Après avoir quitté la gendarmerie la tête basse, premier échec, mais il savait que ce serait difficile, et pourtant il comptait à tout instant sur des sortes de miracle, il s'était promené un peu dans Remoulins et avait découvert, près du Gardon, l'ancienne ville, sise encore dans des morceaux de remparts, des pans de digue, plutôt, qui laissaient présager de la violence des crues de la rivière. Il avait repéré des maisons avec de petits traits noirs au niveau du premier étage, avec une inscription à côté, octobre 58, et s'était rendu compte qu'à cette époque la plaine entière et le village dans sa quasi-totalité avaient dû être recouverts par les eaux. Un déluge local.

Le vieux village ressemblait plus à l'idée qu'on pouvait se faire des cités du coin, vieilles maisons Renaissance, à la limite du médiéval, tours décrépies, rues étroites et fraîches, caniveau central, des chiens et des chats rôdant partout, des fenêtres aux moustiquaires de métal rouillé. Tout plus ou moins abîmé, sauf quelques grandes maisons retapées depuis peu, un peu clinquantes, pierres brossées, le jaune se trouvant blanchi, et puis, jamais loin, la ville moderne, avec ses commerces, sa longue rue, son pont suspendu et ses bagnoles.

Et Léonard s'était senti un peu mieux, il aimait mieux cette petite ville qui gardait, dans un coin, un peu de son histoire, qui témoignait encore de son grand âge, qui n'abandonnait pas tout à la modernité diésélisée. A la maison de la presse, il avait même découvert quelques anciennes cartes postales, où l'on pouvait mesurer l'ampleur des dégâts, notamment la grande rue centrale, à l'époque ombrée de platanes magnifiques, de chaque côté.

Maintenant, il y avait, sur le trottoir, devant la vitrine bigarrée des magasins d'électroménager, devant les bars, devant des supérettes squelettiques, quelques pots en ciment contenant des palmiers anémiques, des épineux improbables, et un arrêt d'autocar où Léonard stationnait, sous le soleil encore brûlant de septembre.

Il allait à Nîmes.

Commencer par le commencement.

Le stage.

Là, quelqu'un se souviendrait de Lucie. Obligatoirement. Il n'y avait que quatre mois qu'elle était passée là. Et Lucie était belle, à sa façon, ses cheveux coupés court à la Louise Brooks, son long corps déhanché et radieux, et Léonard croyait qu'on ne pouvait pas faire autrement que de se souvenir de cette sorte de femme, souriante, si franche.

5

Le car était presque vide. Trois ou quatre personnes, des vieilles personnes, deux gosses à cartable et un grand chevelu à sac à dos gigantesque. Le destin du transport en commun. Troisième âge et ramassage scolaire, ceux qui n'ont pas encore le permis, tare moderne, et les handicapés, il y avait un aveugle dans le car, et les touristes pédestres, ces schizophrènes qui refusent de partir au soleil en bagnole mais qui sont bien obligés de compter dessus pour arpenter les nombreux kilomètres qu'ils espèrent avaler entre leurs banlieues nordiques et la plage tant convoitée.

L'autocar refranchit le pont suspendu sur le Gardon.

"Dès qu'il franchit le pont, les fantômes vinrent à sa rencontre" se souvint Léonard, le cœur serré. Son fantôme à lui, Lucie, le réveillait encore la nuit, il tendait sa main sur le drap, à sa rencontre, ergonomie matinale, et l'y laissait sur un manque crispé. Et il ne pouvait plus se rendormir, la tête emplie d'une bousculade de souvenirs, comme un album, comme un film de famille, séquences se

surimposant anarchiquement, coq-à-l'âne des sensations passées. A jamais décédées.

L'autocar passa dans deux ou trois villages tailladés à vif par la nationale, il repéra des coins magnifiques, notamment sur la droite de la route, là où la garrigue commençait, beaucoup d'oliviers, et de la vigne aussi, des mas, tout ce côté presque provençal, en plus pelé, en plus chaud, et il se souvint avoir lu que cette région était celle où il pleuvait le moins en France et, en même temps, lui revenait en mémoire des visions de catastrophes torrentielles, Nîmes dégorgeant d'eau, les matelas flottant dans les rues, les crues du Gardon, taurillons pataugeant dans la boue, les orages démentiels, les trombes d'eau, comme hydropneumatiques, la revanche de la nature.

Et puis de ZI en ZAC, de ZUP en zone, l'autocar entra dans Nîmes. Encore une fois, c'est en passant au-dessus d'un pont, de chemin de fer celui-là, que Léonard entra dans la ville, la vraie, l'ancienne, rues étroites, bordéliques, encombrées, maisons basses et grises, beaucoup d'arbres. Il vit un grand cimetière, là aussi un signe de plus, un rappel de cette histoire de mort et des raisons profondes de ce voyage un peu immobile.

Par-dessus l'épaule du chauffeur, il devina la vieille ville, celle où devaient ronfler les arènes et trôner la Maison carrée, mais le car tourna à gauche, le long de la voie surélevée du chemin de fer et arriva, derrière celle de la SNCF, à la gare routière.

Léonard traversa les deux gares, beaucoup de militaires entassés dans les halls, lorgnant d'un œil torve des jeunesses scandinaves au tee-shirt bâillant, à la chevelure mousseuse, à la peau cuite, riant fort et déchiffrant le panneau Départs. Il déboucha devant une immense et large allée, bordée de platanes immenses et de files bariolées d'autobus. Dans les contre-allées, énormément de voitures, garées, entassées, presque poussiéreuses.

Il y avait quelque chose d'anormal. Le bruit peut-être. Immense, étrange, énervé, électrique. Léonard mit un petit moment à se rendre compte que ce fracas ne venait pas de la circulation, de la gare, des gens, de la ville. C'était un bruit qui venait d'ailleurs, d'en haut. Il traversa la rue, louvoyant entre les voitures et comprit. Dans les grands platanes de l'allée, des milliards de passereaux entassés, hystériques, joyeux et affolés à la fois, voletant, se battant, caquetant, mouchetaient branches, branchioles et feuillage. Il y en avait absolument partout et ce que Léonard avait pris, de loin, pour de la poussière grise, sur les voitures en stationnement, était une méchante couche de guano, que les automobilistes imprudents auraient un mal de chien à enlever, vu l'épaisseur. Les oiseaux avaient élu curieusement six grands arbres et laissaient les autres immaculés. Frileusement serrés comme des sardines volantes, on aurait pu croire qu'ils se groupaient par peur, par angoisse, par solidarité migratoire.

En tout cas ça faisait un bruit terrifiant, presque surnaturel, un son de catastrophe, un avertissement de fin du monde, comme avant un tremblement de terre ou quelque chose comme ça. Fasciné, Léonard les observa longtemps, repérant aussi, parmi les moineaux, des centaines d'étourneaux, dont le cliquetis naturel était gommé par l'incommensurable piaillement de leurs petits hôtes. Et Léonard eut vite l'impression que ce jamboree volatile était comme dicté par une joie, un plaisir, celui d'être ensemble, nombreux, invincibles, une armée de moineaux, une possible invasion, une horde sauvage. Il pensa à Hitchcock, bien sûr. Décidément les augures, les auspices, n'étaient pas vraiment rassurants, pour lui, pour sa quête, comme si c'était une musique d'accompagnement terrifique pour film d'angoisse personnel, un naturel tatatsang.

6

Le siège de la société organisant le stage où avait travaillé Lucie n'était pas loin des arènes, dans une petite rue donnant sur le boulevard Victor-Hugo.

Le bureau, moderne, un peu froid, mobilier néo-sixties clinquant, halogènes faméliques pointés vers le plafond, n'était pas très vaste et paraissait totalement encombré par la dizaine de personnes qui s'y affairaient. Léonard repéra sur un homme et deux femmes les signes distinctifs du personnel maison, ceux qui faisaient plutôt l'accueil et le renseignement et, un peu plus loin, derrière un bureau nettement directorial, plante verte assimilée yucca, le géranium bureautique, téléphone science-fiction, Macintosh, l'entité qui devait être plus responsable que les deux autres, une jeune femme blonde avec d'énormes boucles d'oreilles en or, une robe rouge sombre, au décolleté juste ce qu'il faut pour détendre et énerver l'interlocuteur. Elle parlait avec un grand type placide, lunettes d'acier et jean blanc, et y allait d'un sourire en même temps ravageur et condescendant.

Léonard resta un moment à l'observer, demanda un peu de documentation, les stages à venir, vérifia l'heure de fermeture, dix-sept heures, et ressortit.

En face, un petit café avec terrasse et sièges en rotin. Il s'y installa pour la petite heure qu'il avait à attendre. Il aurait pu aller se promener dans le vieux Nîmes, mais la tête lui battait trop. Il voulait rester avec sa concentration.

Cette sorte de rage.

Ces coups de poignard dans le ventre et le cœur.

Lucie était souvent venue ici, elle s'était peut-être même assise sur ce fauteuil pour boire un thé glacé.

Du coup, il en commanda un et faillit montrer au serveur les photos de Lucie. Il s'aperçut qu'il suait, sous la veste noire, se dit que c'était encore l'été, et qu'il avait passé de drôles de vacances, funéraires, alcooliques, désespérées. Et que ce n'était pas fini. En catastrophe, il avait décroché six mois de congé sans solde, une mise en parenthèse bien acceptée par le rectorat qui était au courant du décès du conjoint et qui ne tenait pas à avoir des pédagogues en dépression sur les bras. Il rejoindrait son poste après les vacances de février. Il avait le temps.

Et pourtant il voulait aller vite.

Savoir.

7

A peine une demi-heure après, la blonde à boucles d'oreilles sortit du bureau. Léonard n'avait même pas vu le temps passer, tant la chaleur avait tout annihilé, ralentissant le défilement des aiguilles à tel point que la valse des minutes aurait pu tout aussi bien être la java des secondes ou le tango des heures. Il se leva précipitamment, courut derrière elle et la rattrapa sur le boulevard.

— Madame, écoutez-moi, s'il vous plaît.

La jeune femme se ferma comme une huître, n'accordant à l'avance que deux secondes pour se rendre compte de la teneur de la demande de ce type qui l'abordait en pleine rue.

— N'ayez crainte, je ne vous drague pas, j'ai entendu que vous sortiez de la SFDI... J'ai un grand service à vous demander.

— Je n'ai pas le temps, excusez-moi, un rendez-vous.

— S'il vous plaît, je viens de Paris... Un quart d'heure suffira... C'est très important.

— Mais... Il s'agit de quoi ? En quoi je...

— Venez... Je vous invite. Je vous promets. Un quart d'heure, c'est tout.

Elle écouta tout ce que j'avais à lui dire. Là encore, pour la deuxième fois, j'ai tout avoué, sans rien omettre. Qu'un peu d'intime qui ne regardait que moi. Et sans lui dire de qui il s'agissait. Elle m'a laissé parler, muette, figée, les yeux presque agrandis, sans toucher à son eau minérale, la bouche légèrement entrouverte. Quand je lui ai montré les photos, son regard s'est assombri.

— Lucie Laigneau, elle a dit dans un souffle.

J'ai tremblé.

— Lucie... Je m'en souviens très bien. Une fille formidable.

Et puis elle m'a regardé comme si elle venait de commettre une faute, de remuer le couteau dans la plaie, comme si elle réalisait que Lucie n'existait plus.

— Je ne sais pas comment...

— Je comprends, j'ai dit. J'ai besoin que vous me disiez tout ce dont vous vous souvenez...

Elle a bu une grande lampée d'eau, me regardant dans les yeux, profitant de cette pause pour faire la part des choses, se rendre compte à quel point je pouvais être dément, ou fou de douleur, calculant quelle était la somme d'emmerdes qui pouvait tomber sur elle, à cause de cette histoire.

— Madame, comprenez-moi bien... Ce n'est pas une enquête de police. Ni une vengeance ou une merde comme ça. Je veux essayer de savoir, ou de comprendre, c'est tout. Pour que ma peine redevienne simple... Nette...

— Je ne vous comprends pas bien, mais...

Elle a allumé une cigarette, avec une lenteur presque hypnotique.

— Le stage a duré cinq jours. Six stagiaires et deux formateurs dont votre femme. C'était un stage pointu, organisé en phase avec la Documentation française. Lucie travaille sur un logiciel de documentation qui s'impose petit à petit comme...

— Tout ça je le sais, j'étais son mari...

— Excusez-moi... c'est vrai...

— Lucie ne vous donnait pas l'impression d'être mariée ?

— Ce n'est pas ce que je voulais dire...

Avant de poursuivre, elle m'a jeté un regard qui cherchait à savoir à quel degré de paranoïa j'étais arrivé. Alors j'ai décidé d'être un peu moins nerveux et de la laisser parler comme elle en avait l'habitude, comme si j'étais un stagiaire en demande, un type en reconversion, ou une connerie comme ça.

— Comme toujours, dans ce genre de stage, vu le public, c'est très travail-travail, et en même temps très convivial. Il n'y a jamais de problèmes, ce ne sont pas des gens au chômage, il n'y a pas de drame sous-jacent, les participants sont détendus...

Elle m'a regardé encore longtemps.

Un peu de sueur perlait dans le triangle de peau blonde délimité par son décolleté. Le soleil, sur la terrasse, faisait son effet de serre.

— Votre femme, Lucie,... euh...

Là je sentais qu'elle se demandait si elle devait employer l'imparfait, ou le passé, tout simplement, ce qui lui était apparemment d'une grande difficulté, tant les images de Lucie devaient être encore fortes à sa mémoire.

— ... avait un contact immédiat très facile, fort... prégnant. Une grande sympathie, directe, tout de suite. Je peux dire qu'elle a tout de suite charmé tout le monde et entraîné le groupe derrière elle. Ça, nous l'apprécions beaucoup, ça mâche un peu notre boulot, ça nous facilite le...

Elle s'est arrêtée consciente de ne pas avoir à repartir sur des données professionnelles dont je n'avais que faire.

— Les stagiaires étaient un peu plus coincés... Deux d'entre eux venaient de la Martinique, deux autres de Paris, un ingénieur de Toulouse et une femme de la région, d'Uzès exactement, la plus à l'aise après Lucie.

— Est-ce que vous pouvez me donner leurs coordonnées ?

— C'est un peu gênant... Ce n'est pas que c'est confidentiel, mais... A part Lucie, tout le monde est reparti le samedi matin. J'ai raccompagné moi-même les deux Antillais à l'avion pour Paris, les Parisiens ont pris le TGV vers midi... Le Toulousain avait sa voiture, il devait voyager dans la nuit du vendredi au samedi, si je me souviens bien...

— Et Lucie...

Elle m'a regardé encore, troublée.

— C'est vrai... Je ne sais pas.... Elle n'est pas venue à la dernière demi-journée, le vendredi après-midi, ce n'était pas grave, c'était juste pour faire le point, et il y avait le pot d'adieu, mais elle avait vraiment manqué à la fête... On ne s'est pas inquiétés, comment dire, de cette "impolitesse", c'est d'ailleurs elle qui m'a renvoyé la première son rapport de stage, trois jours après.

— D'où ?

— Je ne sais pas, mais c'est facile à vérifier, on a dû garder l'enveloppe...

— Est-ce que je...

— Excusez-moi, mais j'ai un rendez-vous. Téléphonez-moi demain matin, je vous donnerai tous les renseignements que je peux décemment vous communiquer.

— Et l'autre formateur ?

— Un type du coin. Je vous donnerai ses coordonnées.

Je me suis forcé à lui faire un beau sourire, pour dédramatiser un peu. J'ai réalisé que, depuis qu'elle parlait, ses boucles d'oreilles n'avaient pas du tout bougé, comme si le métal doré s'était figé dans l'air surchauffé de la terrasse.

— Je vous remercie... Comprenez-moi... Si je pouvais savoir ce qui s'est passé dans sa tête...

— Bien sûr... Je ne crois sincèrement pas qu'il y ait un rapport avec le stage.

— Je ne sais pas. Tout est tellement opaque.

Les boucles se sont agitées. Signe annonciateur. Et puis, elle s'est levée, a hésité avant de me tendre la main.

— Appelez-moi, demain, vers dix heures... euh... Bon courage...

Elle est partie avant même que je puisse la remercier ou quoi que ce soit.

Dehors, il y avait beaucoup de flânerie sur le boulevard. Des bras de chemise, des robes légères, des adolescents expansifs, radieux, sous les platanes et les micocouliers. J'ai suivi du regard un couple qui m'a semblé d'une beauté étonnante, la jeune femme serrait convulsivement, ses longs doigts comme des araignées blanches, les hanches de son compagnon. Et, en fond, les arènes, grises, proches du blanc de pierre. Le soir, quelquefois, des hommes y affrontent une bête noire abrutie par la douleur. Un monstre au cerveau presque plat qui ne sent qu'une chose, une odeur d'agonie, un parfum d'abattoir, une puanteur d'impasse. Et qui ne comprend pas pourquoi. Comme moi.

8

Léonard passa une nuit terrible à l'hôtel de Remoulins, se retournant à chaque frémissement des murs indiquant le passage, en dessous, d'un trente-huit tonnes nyctalope. Il suait sous le faible drap, faisait de mauvais rêves larvés, ne se réveillait même pas en sursaut, plutôt en sursis, fumait une cigarette et tentait de se rendormir en sentant tous les picotements, au bout des membres, que procurait la nicotine. Curieusement, il ne parvenait pas à penser clairement à Lucie, comme si des tas d'images d'elle s'enfuyaient dans le sombre, se noyaient dans des limbes. Inexplicablement, lui revenaient à la mémoire ces milliers de moineaux pérorant dans les arbres, près de la gare de Nîmes.

Et puis, petit à petit, rafale par rafale, le mistral s'était levé et Léonard était sorti lentement de son apathie en écoutant cette respiration céleste lourde et bronchiteuse, vaguement menaçante qui semblait, dehors, par instants, annihiler toutes les autres clameurs.

Il sortit de l'hôtel vers les neuf heures, le ciel,

l'espace, tout semblait lavé par le vent. La lumière était d'une pureté incroyable, malgré la poussière soulevée, les papiers qui valsaient. Des stores de magasins claquaient en cadence. Léonard comprit vite que c'était jour de marché et alla sur la petite place en contrebas de l'église, sur la route d'Uzès, contempler les braves qui osaient dresser leurs étals face à la violence du vent.

En prenant son petit déjeuner il avait un peu discuté avec la jeune femme de chambre qui se plaignait déjà des effets néfastes du vent, qu'ici, les gens, ça les rendait à moitié morts, ça les déprimait lentement, que la clinique des fous, à côté, après le pont, ces jours-là, ne désemplissait pas, et qu'avec le mistral on disait trois-six-neuf, le nombre de jours où il pouvait souffler comme un bœuf, que bien sûr, ces mêmes jours, il n'y avait plus de nuages, que le ciel était bleu comme le manteau des Rois mages, mais que ça renversait les camions, qu'on voyait des caravanes éclatées sur le bord de l'autoroute, et qu'en vélo, bonjour, avec une belle bourrasque, c'était comme si on percutait un mur, le vélo s'arrêtait net.

Léonard avait laissé parler la jeune femme, une petite brune, comme une danseuse espagnole, serrée dans sa blouse de coton bleu clair, se laissant bercer par son accent chantant, cette voix de velours si particulière, et son apparente jovialité.

Au marché, il y avait pas mal de monde. Le poissonnier était presque pris d'assaut, et les étals de légumes regorgeaient de fruits de toutes sortes. Des marchands de godasses aussi. Le Malien, ses bijoux et ses chapeaux de cuir, là aussi. Un amoncellement de saucisses de l'Ardèche. L'inévitable chevelu et ses fromages. Une petite caravane, au hayon ouvert, avec un gros butagaz et une immense paella ruisselante.

Un petit marché affairé sous les platanes en furie. Les cheveux des femmes voletant de tous côtés.

Léonard était un tout petit peu heureux, du coup il acheta un gâteau, avec plein de gros grains de sucre dessus, et des morceaux géants d'angélique, une des choses pour lesquelles, quand son âme était encore sereine et reposée, il se serait volontiers damné. Le simple fait de se procurer ce petit plaisir était, pour lui, de la même teneur que s'il avait effectué un saut périlleux arrière. Ou bien la fierté éprouvée lorsque l'un de ses élèves difficiles faisait, pour la première fois, une brasure impeccable.

Et puis il se promena un peu dans le village, passant du marché encombré d'accents et d'interjections joyeuses, à des rues jaunes quasi désertes, bordées par des maisons doublement aveuglées, conjugaison de la lutte contre le mistral et la chaleur, et des jardins où trônaient quelquefois un palmier poussiéreux et une glycine sans fleurs.

Il retomba sur le carrefour, près de la gendarmerie, entre la RN 100 et la RN 86. Il y avait là un marchand de cycles et de motocyclettes et, devant le garage ouvert où s'essoufflaient des machines de jardinage, un vélo était à vendre, une occasion, un Hollandais l'avait abandonné là, cadre pété, lui avait expliqué le seigneur des lieux, il l'avait ressoudé, une occase en or. Léonard l'avait acheté, il ne savait pas trop pourquoi, ça risquait de devenir un fardeau, mais il lui fallait bouger, voir les routes et les chemins alentour, et puis il avait envie de retrouver le pont du Gard, et vérifier, comme pour la tour Eiffel, s'il bougeait sous les assauts du mistral.

Au téléphone, la responsable du stage lui donna plusieurs informations, l'adresse du formateur, un dénommé Charles Frémont, celle de la stagiaire d'Uzès, Laurence Lansade, une jeune femme *tellement* sympathique, avait-elle ajouté, et lui précisa que le rapport de stage de Lucie avait été posté, Léonard avait été subitement fouetté par l'adrénaline, à Remoulins, le lundi matin.

Ça ne pouvait pas être une coïncidence, c'était trop beau, il devait y avoir une explication toute conne, c'était ce jour-là qu'elle avait été visiter le pont du Gard, qu'elle y avait acheté la carte postale, qu'elle avait mis sa lettre dans une boîte, la première trouvée sur son chemin et c'est tout simplement comme ça que c'était parti de Remoulins.

Léonard entra quand même dans le petit bureau de poste, juste à côté, propret, un peu jaune clair, là aussi une immense photo grise du pont du Gard sur le mur derrière les préposées et demanda quel territoire le bureau couvrait. On lui répondit les noms des villages et hameaux environnants, Castillon, Fourns, Saint-Bonnet, Saint-Hilaire... Et puis Léonard faillit remonter à la gendarmerie pour dire aux pandores que sa femme était bien passée par là et leur conseiller de faire un effort de mémoire, c'était une si belle femme, ils ne pouvaient pas ne pas l'avoir remarquée.

Au lieu de ça, il partit faire un tour à vélo, repassant par les rues qu'il avait arpentées, zigzaguant sous les coups de boutoir du mistral, et puis prenant des chemins légèrement moins carrossables, s'enfonçant dans des sortes de vergers, glissant sur des chemins étroits, passant sous les frondaisons de vieux cerisiers, longeant des haies de bambous et des fossés constellés d'iris sauvages.

Il se laissa aller au petit bonheur, les mains bien à plat sur le guidon, se trouvant souvent face au vent violent, et cherchant un chemin de traverse où, enfin, le mistral pourrait le pousser.

Il franchit une route, longea des champs jaunis, des vignes où des gens ramassaient le raisin, on était loin des images joyeuses et mythiques des vendanges idylliques et conviviales, fêtes de l'ancien temps, là, c'étaient des ramasseurs épars et silencieux, le dos courbé sous le vent, et le tracteur qui attendait, loin, derrière les rangs.

Il contourna un village perché, Castillon-du-Gard, n'ayant pas la force ni l'envie de se taper le raidillon montant vers les belles et anciennes maisons accrochées au rocher, s'enfonça à nouveau au milieu des champs, comme s'il entrait dans de la chair verte, vit une chapelle blanche au milieu des ceps, Dieu buvant immobile du côtes-du-rhône, escalada, la jambe meurtrie, les poumons en feu, quelques faibles côtes, et déboucha dans un village, calme, comme merveilleux, vieilles maisons presque aveugles, glycines dégueulant sur des portails, un grand mail déserté et battu par le vent, un clocher frileux près de l'ancienne place, des rues en pente, qui ne savaient même pas vers où elles pouvaient descendre. Vers, que j'ai traversé, accompagné par un grand bas-rouge un peu foldingue, guide joueur et improvisé.

Un village qui sentait la paix et le repos, parfum tranquille légèrement épicé, odeur de vieille boulangerie.

J'ai pensé un moment que les habitants pouvaient se nommer les versatiles, ou les versements, ou les verseaux, tout simplement. Et puis je me suis souvenu que toute la pierre de la région, celle avec laquelle avait été construit le pont, c'était la pierre de Vers, blonde, dure et poreuse, taillable et corvéable à merci et qu'il devait y avoir, pas loin, des carrières immémoriales, des blessures à ciel ouvert, jamais soignées depuis des siècles, et tout le bataclan.

Je me suis dit surtout qu'il serait bon de vivre là, pour tout oublier, pour se fabriquer une autre vie. Habiter au-dessus d'une vieille épicerie, par exemple. Se faire oublier de soi et des autres. Noyer. Embaumer la douleur.

Et puis je me suis dit exactement le contraire. Que c'était impossible, que Lucie y avait peut-être laissé des marques indélébiles, une signature douloureuse, quelque part dans une rue, sur les murs d'une maison, les cloisons secrètes d'une pièce, sur des draps. Quelque part derrière les grands portails de bois peints en bleu foncé et en vert wagon.

Je suis sorti du village par une longue descente, vers un creux sombre dans la plaine, j'ai traversé une voie unique de chemin de fer, encombrée d'herbes, des rails presque abandonnés et, comme un Indien, je suis descendu de vélo, cherchant les traces, sur les longues barres de fer rouillées, d'une quelconque vie, d'une activité. Des trains devaient quand même passer, de temps en temps, et, tout à coup, j'eus presque envie de me coucher en travers, la nuque sur le rail, et attendre le temps qu'il faudrait, pari stupide sur la mort lente des voies secondaires du réseau ferroviaire français.

Et puis la route d'Uzès et déjà plein de panneaux indiquant la direction du pont du Gard. Je me suis mis à suivre des files conséquentes de bagnoles allant apparemment au même endroit. Ça changeait du matin de mon arrivée, le monument faisait le plein, il était presque une heure de l'après-midi, le soleil tapait en plein, ici, c'était encore le fort été, j'ai enfin entendu des cigales.

Il y avait un monde fou.

Sur chaque rive, les parkings étaient bourrés, les terrasses de café aussi. Le haut du pont était hérissé de petites silhouettes filiformes, comme des créneaux mobiles. La route, pleine de gens, et dessous, sur les berges de cailloux blancs, les baigneurs, les lézards, ceux qui rissolent sur les pavasses chauffées à blanc et ceux qui, culs-de-jatte d'un instant, se refroidissent les arpions dans l'eau verte de la rivière. Quelques canoës. De gros poissons, en bancs.

Le pont n'était plus cette menace blafarde du petit matin. C'était, en ce moment, une sorte de pain d'épice ouvragé et rassurant, familial, poule rousse de pierre couvant ses arpenteurs, ses baigneurs.

Je ne pouvais plus le considérer comme un allié subjectif, celui qui m'indiquerait la route, ma route, ma piste, ce n'était plus, comme au petit matin, un monument privé.

J'ai eu envie un instant de me tremper dans l'eau glauque de la rivière, mais j'ai traversé le pont, en direction de Remoulins, jonglant avec les voitures et les cars, crépitant de la sonnette face aux groupes de touristes en short et tongs, la carte postale dans une main, la grosse glace torsadée et dégoulinante dans l'autre.

Je me suis quand même arrêté un peu plus loin, après une sorte de grotte préhistorique creusée dans la petite falaise, pour boire une bière à l'ombre des catalpas, juste en face d'une rotonde, point de vente assiégé des souvenirs adéquats. Anesthésié, j'ai assisté au défilé patient et constant des visiteurs, ceux qui allaient à la messe romaine, ma foi assez impressionnés, et ceux qui en revenaient, plutôt rayonnants, un défilé de mode estivale, tendance mimile, esthétique populaire, une certaine idée du bonheur simple, l'antithèse absolue de la plage à la mode ou du club de vacances, le pendant campagnard de Palavas-les-Flots ou de Stella-Plage.

Ce fut du repos, de la parenthèse, mes yeux se trouvaient comme lavés par le flot incessant et quasi silencieux des touristes. Et puis j'ai eu faim, et je me suis senti mieux après le rituel steak-salade, et j'ai acheté, en face, dans la rotonde aux souvenirs, à un grand type au visage clair, qui parlait fort et juste, un paquet de cigarettes et une carte de la région et j'ai vite repéré Saint-Siffret, à côté d'Uzès, une quinzaine de kilomètres, et je me suis décidé à pédaler jusque-là pour aller voir la stagiaire dont j'avais l'adresse, il était inutile d'attendre, ce que j'avais à faire ne concernait que moi et personne ne le ferait à ma place. Il fallait faire vite, et malgré la chaleur, le vent et la luminosité, je savais que l'automne n'était pas loin, et l'hiver non plus et que le froid, la perte des feuilles, l'endormissement passager de la nature risquaient de cacher les traces de Lucie, ces maigres empreintes qu'elle avait peut-être laissées depuis le mois de mai, son odeur quelque part, le son d'un rire, la précision d'un regard.

9

Léonard pédala ferme, face au vent. La départementale, vers Uzès, se donnait de fâcheux airs de nationale, trois voies parfois, du goudron noir et impeccable, des lignes blanches immaculées, et surtout des camions rapides, qui giflaient l'alentour à leur passage. C'était plus difficile que Léonard ne l'avait prévu, il se courba sur le vélo, tint un rythme pas très rapide mais régulier, tentant de s'habituer à la douleur des jambes, à l'engourdissement des reins.

Et surtout il regardait tout autour de lui, la campagne, jaune et vert bouteille, les villages, tous éloignés de la route, comme transis sur la garrigue, soufflant de surprise en découvrant un château, mélange de colonnades gréco-romaines, de façades d'églises médiévales et de classicisme Grand Siècle, une sorte de demeure pour facteur Cheval cultivé et chic, et puis, juste avant Uzès, une petite gare charmante et désœuvrée coincée entre deux hypermarchés et, juste après, une usine mythique, en prise directe avec l'enfance, l'usine Zan.

Il traversa Uzès sans s'arrêter, se refusant à la

visite, sa fatigue lui disait qu'au moindre arrêt, à la moindre tergiversation, il allait atterrir dans un café, sous les platanes, et y rester jusqu'au soir, à soigner un épuisement naturel, à récupérer d'un exercice dont il avait perdu l'habitude depuis fort longtemps. Et à se dire à quoi bon...

Sortant de la cité dont il avait aperçu d'admirables tours, et des palais, il contourna, langue proprement pendante, un massif de garrigue, pour aller vers Saint-Siffret. Il vit enfin le village, sur une hauteur, recroquevillé comme un gros chat de pierre, une idée encore tenace du pittoresque, mais s'arrêta un kilomètre avant, près d'un mas et d'une grande vigne au fond de laquelle il y avait une petite maison crépie jaune, ceinte de hauts thuyas et de cyprès nains, ceinture végétale inextricable, barbelés naturels.

Il posa son vélo dans le fossé, à même la terre sèche, et fit quelques pas sur le chemin blanc pour reprendre son souffle et ses esprits. Il suait, le soleil tapait à plein, il y aurait eu un lavoir ou une fontaine ou un vieux truc comme ça, Léonard se serait volontiers jeté dedans, aurait fait, en soupirant d'aise, son Ophélie...

Il s'essuya le visage et marcha vers le portail de bois. Il sonna, un petit carton, au-dessus du bouton de sonnette, indiquait bien monsieur et madame Lansade. Il attendit un long moment, avec patience, il entendit des claquements de porte, et des bruits d'eau.

Le battant de bois laqué s'ouvrit enfin sur une jeune femme en peignoir rouge, les cheveux blond foncé comme laqués sur la tête, de grands yeux bleus, de grands yeux encore agrandis par des lunettes d'écaille grand format, comme écarquillés.

— Madame Lansade ?

J'ai remarqué la chaîne d'acier bloquant l'ouverture de la porte, c'est vrai que la maison était assez isolée, et je me souvenais du discours un peu catastrophique du gendarme, à Remoulins.

— Je suis monsieur Laigneau, le mari de Lucie.

Elle a hoché la tête, puis refermé la porte pour libérer la chaîne, et pouvoir me faire entrer.

— Je ne veux pas vous déranger...

— On m'a prévenue de votre éventuelle visite.

Une voix rauque, voilée, ce genre de voix qu'ont des gens à qui on a envie à tout instant de demander de tousser une bonne fois pour toutes.

— La responsable du stage, Agnès, m'a téléphoné, hier, pour me demander la permission de vous donner mon adresse.

— Je comprends...

— Elle m'a aussi mise un peu au courant...

Elle a baissé un peu la tête comme pour regarder le bout de ses doigts de pied.

— J'étais effondrée. Je ne sais pas comment vous dire, mais, veuillez, euh...

— Je vous remercie, j'ai dit très vite, je savais la difficulté inouïe que l'on a, en général, à prononcer des mots comme condoléances, ou malheur, ou épreuve, généralement on veut s'associer à tout ça, et ça sonne mal, et tout le monde est mal à l'aise.

— Entrez, je vous en prie.

Derrière portail et thuyas, il y avait une jolie maison basse, moderne, une grande baie vitrée, bois et acier, plantes vertes bien ordonnées, donnant sur une grande pelouse hérissée de bouquets de cannes et une grande piscine d'un bleu intense. Les bruits d'eau que j'avais entendus.

J'ai pensé à toute cette mode, tous ces posters qu'on voyait dans les salons des amis, ces lithographies de piscines et palmiers, ces Hockney à la petite semaine, cette folie de l'aérographe aquatique. Mais j'ai dû avoir l'air surpris.

— C'est devenu tellement difficile de se baigner tranquille dans la rivière... elle a dit. Les gorges du Gardon, c'est sublime, mais ça devient impossible. Le monde, les canoës, le camping sauvage, il y a même toute une rive réservée aux homosexuels, ce n'est pas que je suis contre mais ça fait bizarre, et puis il y a des bouteilles en plastique partout, des ordures, à partir d'août, c'est trop dégueulasse... On ne sait plus où se poser... Et l'eau, ici, c'est vital...

— Je m'en suis rendu compte, je suis venu à vélo.

— De Nîmes ? elle a presque crié, horrifiée.

— Non. De Remoulins.

Elle m'a regardé bizarrement, devant se demander qu'est-ce que je pouvais bien faire là-bas, ou bien tentait-elle déjà de soupeser ce que j'avais trouvé, peut-être que Remoulins était vraiment au centre de l'histoire de Lucie...

— Vous voulez boire quelque chose ?

— Une lessiveuse de n'importe quoi...

Elle a souri. Cette femme était jolie, quelques cheveux déjà presque secs se gonflaient en volutes, s'échappant de leur gangue mouillée. Elle m'a fait entrer dans sa maison, une grande pièce encombrée de panets sur des tréteaux, un grand écran d'ordinateur, des papiers partout.

— Mettez-vous à l'aise, enlevez votre veste...

Elle m'a étudié un court instant, m'observant en train de détailler toutes les grandes feuilles blanches étalées sur les tables. Et puis elle est partie dans la pièce à côté, derrière un grand ficus assoiffé. J'entendais sa voix, comme un écho, plus loin.

— Je suis graphiste. Maquettiste aussi. Avant j'étais à Paris. Maintenant avec un Mac, un modem, un fax, vive la modernité, je travaille toute l'année ici, sans bouger. Mon mari est encore obligé d'aller presque tous les jours à Montpellier, il est journaliste. Le pauvre, il me donne quelquefois l'impression qu'il fait un travail désuet...

Elle est revenue de la petite cuisine avec un grand verre empli de liquide jaune opaque.

— Ce n'est pas du pastis. Orangeade maison...

J'ai bu une grande lampée, mon tee-shirt glacé me collait au dos.

— Le stage, je l'ai suivi pour tous ces nouveaux programmes de mise en page, ça devient compliqué... Lucie nous a clarifié énormément tous ces problèmes...

Je n'ai rien dit, regardant, dehors, l'eau turquoise clapoter à ras du gazon. Je me persuadais que je n'avais pas de question à poser et que cette jeune femme me dirait, petit à petit, toute seule, ce qu'elle pouvait me confier. Je n'avais qu'à la laisser à son désarroi, à l'appréciation qu'elle se faisait du mien, et plus je faisais en sorte d'abandonner ce côté flic, celui qui pose des questions à tout bout de champ, mieux c'était. Bizarrement je n'avais pas envie de me retremper dans l'histoire de Lucie, j'avais plutôt envie de souffler et de plonger dans tout ce bleu javélisé, peut-être d'un tiède inespéré, qui semblait attendre, au milieu de l'herbe fraîche.

— En plus, on rigolait bien avec elle. Elle avait une de ces pêches !... Elle est venue un soir, ici. Le mercredi. On a beaucoup bu, je m'en souviens... On s'est baignés dans la nuit, elle adorait ça... Elle nous a parlé de vous, je me rappelle, elle nous a même dit que c'était elle qui vous avait appris à nager. C'est vrai ?

— C'est vrai.

— Elle a dormi ici, cette nuit-là... Le matin, nous sommes allées au stage ensemble, mon mari nous a accompagnées.

Elle continuait à me parler, le dos tourné, en contre-jour dans l'encadrement de la grande porte-fenêtre, regardant son monde aquatique, c'était presquc comme dans un film américain, tout à coup, avec le détective suant et vaguement dégoûté, un verre à la main, et la jeune femme rôdant pas loin de sa *swimming-pool*.

— Elle s'entendait bien avec tout le monde. On a été un peu déçus qu'elle ne soit pas là au pot de fin de stage, mais on n'a pas fait beaucoup attention. J'étais embêtée, elle avait oublié ici un livre à elle. Je voulais lui rendre ce jour-là. Et puis après je voulais le lui renvoyer, à Paris, et puis j'ai oublié...

Elle s'est retournée, elle avait enlevé ses

lunettes et son regard myope semblait plus doux, plus rêveur, comme voilé, englobant la totalité des choses et non leur précision.

— Je vais vous le chercher.

Je n'ai rien dit, encore. Elle est partie dans une petite pièce du fond et, moi, je suis sorti et je me suis agenouillé au bord de la piscine et, me penchant à presque tomber, je me suis plongé la tête dans l'eau plus froide que je pensais. Et puis j'ai relevé la tête, laissant l'eau s'égoutter en cascade et puis en gouttelettes.

— Si vous voulez vous baigner, ne vous gênez pas.

Elle était revenue près de moi et le rouge de son peignoir était devenu, sous le soleil, violent, comme du sang. Elle me tendait un bouquin, j'ai reconnu un de mes livres fétiches, un bouquin introuvable, je ne m'étais même pas aperçu qu'il manquait, et ça m'a fait tout drôle que Lucie, par-delà le temps, me le rende ainsi, presque en main propre.

Ce livre dont le titre, pour tout le monde, semblait être une blague. *In Vino Veritas* de Kierkegaard. Le roi du désespoir faisant de la philosophie avec une bande de soûlographes.

Je me suis mis à le feuilleter, assis au bord de l'eau, au bord de ce lagon domestique, et des gouttes d'eau, tombant de mes cheveux, s'écrasaient sur les lignes grises. Je tournais les pages, mécaniquement, comme cherchant un indice, peut-être avait-elle laissé quelque chose à l'intérieur, un mot, une adresse, une note d'hôtel ou de restaurant.

Il n'y avait rien.

“Et voilà pourquoi j’ai renoncé à tout amour, car ma pensée est tout pour moi...” écrivait Kierkegaard.

La jeune femme s’est éloignée un peu, vers le fond de la piscine et, tout à coup, s’est débarrassée de son peignoir. Totalement nue, elle a plongé, parfaitement. Le saut d’un ange cuivré.

Je me suis demandé un court instant s’il fallait m’écarter, ou me retourner. Mais le temps de prendre une décision fut plus court que celui qui lui a fallu pour traverser la piscine, dans un crawl silencieux, et, presque à mes pieds, elle a émergé, sa poitrine effleurant le bord carrelé, dans un bruit de feutre mouillé, puis elle s’est gracieusement hissée sur le rebord. Elle s’est allongée sur le ventre, toute cette peau ocre, et a posé sa tête ruisselante sur ses avant-bras. Il n’y avait, dans ses gestes, aucune provocation, c’était naturel, elle était comme ça toute la journée, elle était chez elle.

— Je ne peux pas dire grand-chose, mais j’ai senti des trucs... Je suis une femme.

— En effet, j’ai dit enfin, en riant.

Elle a levé la tête, me regardant fixement.

— Comment vous me qualifieriez ? Là... maintenant...

— Je ne sais pas.

Mais ce n’était pas le moment de mentir. Je me suis lancé.

— Radieuse, peut-être.

— Voilà, c’est ça. Le jeudi soir, et surtout le vendredi matin, elle était encore plus radieuse qu’avant, je ne peux pas énoncer ça autrement que vous. Radieuse... Vous comprenez ?

— Je ne crois pas...

Je regardais son corps immobile sous le soleil. Un peu de chair de poule sur le dos. Du duvet blond, sur les hanches.

— Elle a peut-être rencontré quelqu'un... j'ai dit d'une voix tremblante.

Elle a soupiré.

— Je suis contente que ce ne soit pas moi qui l'aie dit, elle a soufflé, entre les cheveux qui lui masquaient le visage.

— Vous en êtes sûre ?

— Non. Bien sûr que non. Intuition. Vous les hommes, vous diriez intuition féminine. Mais... c'est plutôt autre chose... Un parfum, un éclat de peau, des sourires... Cherchez pas, c'est ce que vous nommez hystérie à tout bout de champ...

Une bêtise.

Une histoire d'amour, de tromperie toute bête.

Bien sûr.

Et moi qui faisais le détective pour une simple histoire de peau.

Comme on en voit tout le temps dans les films les moins imaginatifs.

Ce qui fait tourner le monde.

Je me suis levé sans un mot et je me suis dirigé vers le grand portail de bois.

Et puis je suis revenu vers elle, mon ombre couvrant le haut de son corps.

— Et l'autre formateur ?... Ce monsieur Charles Frémont...

Elle a levé la tête. Ses yeux brillaient.

— Allez le voir, il habite Collias, ce n'est pas loin.

J'ai hésité. J'étais comme un véritable adolescent, cherchant à tout prix le rival, comptant sur la mauvaise langue des autres, ces mille petites délations quotidiennes de l'amour déçu.

— C'est lui ?

Elle a ri. Joyeuse. Un peu moqueuse.

— Allez le voir. Vous vous ferez vite une idée.

J'ai réfléchi. Une autre idée, une autre perception venue de loin.

— Le mercredi, quand elle est venue ici, elle vous a parlé de moi. A votre avis, qu'est-ce qu'elle pensait de moi à ce moment-là ? Intuitivement, bien sûr...

Elle n'a pas répondu tout de suite, laissant sa tête sur les bras. Et puis elle s'est retournée.

— Je ne peux pas dire grand-chose. Beaucoup de tendresse, sûrement...

Je n'ai pas regardé son corps.

Je suis sorti par la grande porte de bois en la claquant derrière moi.

Mon vélo était bouillant, le guidon comme chauffé à blanc, mes jambes étaient douloureuses et j'avais un goût de fer dans la bouche. Mais j'étais content de l'effort à faire pour revenir vers Remoulins, pédaler longtemps, profiter de la régularité de la vélocipédie pour panser ma grande plaie, penser mon dérisoire présent, refaire mon monde, me perdre.

Très vite, sur la route du retour, je me suis rendu compte que le mistral me poussait.

Un truc de plus dans le dos.

10

Le premier embranchement vers le pont du Gard était encombré par des dizaines de voitures, comme s'il y avait un aimant, là-bas, au-dessus du Gardon dans le vert des chênes et des arbousiers, dans les premières gorges. Un gigantesque aimant historique attirant tout ce qui était métallique, bagnoles, appareils photo, lunettes de soleil, gourmettes.

Et mon vélo, aussi.

C'est lui qui a repris la route vers le pont. Pas moi. Je l'ai laissé faire. Pour le punir, en quelque sorte, de son manque d'imagination, je l'ai abandonné, seul contre un parapet de pierre, et je suis parti à pied vers le bas, vers la rivière.

Après avoir traversé un bois planté d'arbres tous différents, avec de petits écriteaux recouverts de poussière jaune, là un pin d'Alep, là un cyprès d'Abyssinie, plus loin un épicéa, je suis arrivé sur une plage de gros cailloux, une gravière déjà parsemée de grandes serviettes et de corps tuméfiés par le soleil. Devant, le long d'une lisière brune de vase, l'eau verte coulait doucement sous l'unique grande arche du pont. La rivière n'était pas profonde, des baigneurs trempés jusqu'à la taille s'éclaboussaient gravement et faisaient des efforts incompétents pour nager à contre-courant.

Sous l'ombre mouchetée d'un immense acacia, je me suis assis en ouvrant le livre de Lucie. Mais je l'ai tout de suite refermé, doucement, sans le claquer, comme si c'était la lampe à huile d'Aladin, comme si un mauvais génie pouvait en sortir pour me tarabuster injustement, comme si c'était la boîte de Pandore.

Je me suis allongé sur les pierres surchauffées, je voyais le monument, or sur fond de bleu royal, à travers les larges feuilles vertes.

Tout était hyperréaliste, une fausse réalité, plus vraie que la vraie, un peu clinquante.

J'étais entré dans une carte postale.

Dans LA carte postale.

Des cigales pas loin. Les clapotis d'eau. Cris d'enfants.

Je me suis endormi, la suée au front.

11

Le soir, Léonard était épuisé, vidé de toute substance par le soleil et sa longue cavalcade à vélo. Il avait mal aux fesses, la selle se révélait dure sur le tard, les muscles de ses cuisses étaient endoloris, et son estomac était comme sec. Il ne s'était pas décidé à manger au restaurant de l'hôtel, ne voulant pas se regarder lui-même comme solitaire à sa table, fixant la salade de concombres miroiter dans son assiette. Il avait donc acheté des tomates et du pain, une bouteille de vin rouge et un petit fromage de chèvre. Il s'était installé, comme l'aoûtien de base, au bord de la nationale et avait mangé en regardant les camions et les caravanes passer. Il avait observé les gens du coin, il commençait à en reconnaître certains, des vieilles dames surtout, quelques immigrés se retrouvant sur le même banc et ce toujours hippie, sandales de cuir et mouton retourné, cheveux en cascade et chien en laisse, qui venait acheter son papier à rouler au tabac de l'Avenue.

Beaucoup de véhicules remontaient vers le nord, les vacances étaient définitivement finies, le temps de la parenthèse se terminait dans un long périple, nationales et autoroutes, visages tendus, un peu hébétés à travers le bronzage, l'école, le travail comme lignes d'horizon.

Et puis, triste, à deux doigts des larmes, Léonard était allé se coucher, avait cherché longtemps le sommeil, les images de Lucie dans les bras d'un hypothétique autre roulant devant ses yeux, des images de baigneuse et de piscine aussi, le dos parfait de Laurence Lansade, et il s'était tellement retourné que le drap avait glissé sur l'alèse, et il s'était enfin endormi alors qu'ailleurs, plus loin, il ne savait plus bien où et surtout pourquoi, le ballet des trente-huit tonnes battait son plein.

12

Au matin, Léonard se forçait à ne pas repartir à Collias pour aller interroger Frémont. Il ne fallait pas arriver trop tôt, c'était samedi, il ne travaillerait pas, mais c'était sans doute le jour de la visite au supermarché, *the caddie's day*, ou un truc comme ça. Léonard avait donc déambulé dans Remoulins, au petit bonheur, arpentant des rues où de grosses maisons bourgeoises de l'ancien temps côtoyaient des villas modernes, de type Merlin, l'enchanteur moderne de la petite propriété. Avec les signes obligatoires du retour à la nature, le rosier, le thuya, le cyprès et le mûrier-platane.

Il avait traversé des voies de chemin de fer, près d'un cimetière, un passage à niveau en plein vent, avec, au fond, couleur jaune safran, une gare. Un train peut en cacher un autre, disait la sempiternelle pancarte.

Il était passé devant une sorte de ferme, encombrée de matériel agricole à demi rouillé, d'un énorme amoncellement de cagettes, au milieu desquelles s'ébattaient une armée de chats, il en avait compté au moins une vingtaine, un âne et deux gros chevaux de labour crottés jusqu'au garrot. Et puis il avait longé des vergers, les poires étaient encore sur les arbres, et beaucoup d'abricots pourrissaient, noirs et violets, par terre, jusqu'à une usine rutilante qui devait fabriquer du plastique ou quelque chose d'approchant. Des milliards de petites bulles multicolores de polystyrène tapissaient le chemin et les abords d'un champ où s'alignaient des pommiers. Il y avait aussi une mare nauséabonde, reliée à l'usine, plus haut, par un gros tuyau de métal, dans laquelle Léonard entendit des grenouilles.

Et il se dit que si les pommes poussaient dans le plastique et les grenouilles continuaient de barboter dans la déjection, c'était que la vie résistait drôlement. Comme lui, qui s'opposait, d'une certaine manière, à un pourrissement de l'âme, une pollution mentale. S'il cherchait à savoir quelque chose que normalement il devrait oublier, parce que ça n'avait plus d'importance, parce que ça ne ferait pas revenir Lucie, parce que ça lui ferait du mal en plus, c'était pour se laver la tête, résister lui aussi à la mort douce.

Il vit des pies en pagaille, et des nuées de petits oiseaux.

Il traversa des champs bordés de murailles de cyprès, derrière il reconnut des arbres pleins de kiwis, passa près d'une station d'épuration silencieuse, en panne, près de la rivière, une puanteur extrême s'en dégageait, et se demanda comment était-ce possible, tout ce gâchis moderne, alors que tout est si beau, autour. Comme si cette station était le pendant maléfique, au bord du Gardon, du pont du Gard, plus haut, dans son écrin de garrigue, la face cachée.

Et puis il se dit qu'il déconnait, que tout, à ses yeux, ne devait pas devenir systématiquement symbolique, bêtement manichéen, beau ou moche, bon ou mauvais, noir ou blanc.

Que c'était comme lui, bien plus compliqué.

Un peu avant midi, il prit son vélo et partit vers Collias, reprenant la route d'Uzès, repassant par des chemins déjà connus, ou du moins reconnaissables, suant et soufflant dans la même côte, laissant le pont du Gard sur la gauche, et bifurquant juste après une immense casse de voitures entourée d'un mur cyclopéen.

La route montait à flanc de colline, à travers des vignes, et Léonard s'arc-bouta au guidon, forçant sur les pédales à rythme régulier, en danseuse, dans un silence chauffé à blanc. Une voiture le doubla, presque au sommet de la côte.

Léonard descendit de vélo pour reprendre sa respiration. En bas, dans la plaine, la route d'Uzès regorgeait de véhicules.

Il s'assit sur le gravier du bas-côté et alluma une cigarette. Une belette rousse traversa le goudron chaud, un peu plus bas.

Lucie avait peut-être admiré le même paysage, sous la même chaleur sèche et elle s'était simplement peut-être demandé si ça valait le coup de remonter dans le gris légèrement gluant de Paris, cette suie dans l'air, avec les cheveux qui deviennent sales en trois jours.

J'en étais presque à me dire la même chose.

C'était peut-être ça son secret. Aussi con que ça.

Mais ça, elle me l'aurait dit.

Elle m'aurait dit: partons dans le Sud, y'en a marre de vivre dans un pot d'échappement géant. Et je lui aurais répondu: quoi? La vallée du Rhône! Deux usines atomiques au kilomètre carré! Les eaux de la Camargue qui se réchauffent tellement que bientôt y'aura des crocodiles pour bouffer les flamants roses!

Mais elle ne m'a rien dit. Elle m'a dit de surtout ne rien dire, et de ne pas chercher à savoir.

Elle m'a ordonné de fermer définitivement ma gueule.

Et c'est elle qui l'a fermée, à jamais.

J'ai repris le vélo, la joie dérisoire de la descente, une petite rivière, et un moulin comme on n'en fait plus, et Collias, petit village accroché à la falaise, avec un grand pont en béton qui faisait le gros dos au-dessus de la rivière, et les vieilles maisons tapies autour de l'église.

Dans la rue principale, j'ai bu une bière dans un café appelé “La Brèche”, une terrasse couverte avec quelques tables éparses où s'entassaient des jeunes gens qui riaient fort, et une grande salle qui sentait le tabac froid et résonnait d'appareils mécaniques. On m'indiqua facilement où se cachait la rue que je cherchais, plus haut dans le village, vous tournez à gauche, comme si vous descendiez vers la rivière.

Le village était magnifique, pas vraiment typique, mais comme un cosmopolitisme de styles et de maisons. Un dédale d'escaliers et de rues en pente. Un amoncellement de pierres jaunes et brunes pas encore entachées par le parpaing. La baraque de Frémont était accrochée au-dessus d'une rue à la pente sévère qui menait plus bas à un baraquement où s'empilaient des canoës orange.

J'ai frappé à la porte peinte en rouge basque.

De furieux aboiements de chiens.

Au moins trois.

J'ai entendu une gueulante sévère, les chiens se sont un peu calmés et la porte s'est ouverte sur Einstein. En plus jeune.

La même tête. Le côté savant fou. Un type d'une cinquantaine d'années, aux cheveux gris blanc, comme coiffé par une bombe à neutrons, un nez en patate et des yeux genre uranium 235.

— Ouais ?

Et un accent faubourien, en plus.

— C'est Agnès, du stage, qui m'a donné votre adresse... Je suis...

— Ouais, je sais. Entrez.

Décidément, tout le monde était prévenu. Agnès avait pris les devants.

— Je ne vais pas vous faire chier avec mes condoléances, il a mitraillé direct. Mais j'en pense pas moins. Je me suis bien marré avec Lucie. Une gonzesse d'enfer. Ç'aurait pu devenir une copine.

Je réalisai tout à coup la teneur du rire qui avait illuminé un instant le visage de Laurence Lansade. Dès qu'on passait la porte, on entrait dans un de ces foutoirs ! Genre atelier d'artiste dont la théorie créatrice s'appuierait sur l'entropie décorative, le sens de l'empilement et le refus du rangement. Il y avait de tout, du vieux cadre de vélo rouillé à la grande sculpture de plâtre, une énorme femme nue à la Maillol, de la pile de dossiers à la machine à écrire désossée, l'inévitable Remington, de l'outil de jardin terreux à l'ordinateur bidouillé. Plus des verres, des assiettes, une gazinière quatre feux plantée au milieu d'un massif de cactus. Frémont m'a observé en train de regarder, médusé, son Arthur-Martin champêtre.

— C'est un hommage à Carmelo Bene, il a dit de sa voix enjouée.

Mais surtout, au milieu de tout ce fatras, comme faisant partie du bordel général, il y avait une femme, corpulente, un peu habillée à l'indienne, une Apache des bords du Gardon, et trois gosses. Elle épluchait des cardes et les gniards empilaient des Duplo.

Frémont ne pouvait pas être celui qui avait tourné la tête de Lucie, il n'avait ni la tête de l'amant, ni l'aura du perturbateur. Il était la figure de proue de l'homme tapé et génial, l'artiste typique, celui qui force la sympathie immédiate, avec qui on peut passer des moments d'une incroyable drôlerie. Mais le type dont on se lasse vite, le désordre à plein tube n'était pas vraiment la tasse de thé de Lucie, elle avait ses petites manies, sa maniaquerie personnelle. Si elle était passée par ici, elle avait dû avoir mal aux nerfs de voir des colonnes de listings empilées dehors, sous une gouttière percée.

— Ma femme, mes enfants, mon monde. Venez avec moi. Qu'est-ce que vous voulez boire ? Si vous voulez rester manger avec nous pas de problème, je vous préviens, on est végétariens, que du vert, à part le pinard, bien sûr, faut pas déconner, c'est un produit naturel merde, et puis bouffer du fromage de chèvre avec du jus de carotte, c'est un truc de dégénéré.

Le tout sans respirer.

Moi, j'ai repris mon souffle. Mais il m'avait déjà servi un grand verre de muscat.

— Frontignan ! il hurla en même temps.

Avant que je puisse réaliser que c'était du vin cuit qu'il parlait, il m'a entraîné à l'intérieur de la maison où le foutoir se perpétuait avec une légère tendance à la brocante sauvage, l'accumulation primitive de trucs merdiques, la collection art brut désordonnée, notamment une série de peintures accrochées au mur n'importe comment, une galerie invraisemblable de croûtes tout style, toute facture, mais, ça m'a saisi, toutes représentant le pont du Gard. Il y avait même un petit tableau, je me suis avancé pour le détailler de près, genre Magritte, un gond de porte perché sur des arches de pierre, avec marqué dessous, de la même écriture infantile que celle du peintre belge, le "Gond du Part".

— Je suis un inconditionnel du pont, il a dit.

— J'ai cru comprendre, j'ai soufflé.

Il s'est marré. Même si l'allure générale du personnage tendait vers l'hystérie, son sourire dénotait le contraire.

— Bon. Déblayez autour de vous et asseyez-vous. Je vais vous dire tout ce que je peux sur Lucie. Comme ça vous n'aurez pas à me poser des questions et moi à y répondre, ce qui est un principe détestable, mon père était inspecteur de police et je l'ai toujours haï, et ce n'est pas maintenant que je vais honorer sa mémoire en me payant un interrogatoire maison, la gueule sous la lampe et les menottes aux mains.

— Je n'en avais pas vraiment l'intention.

— On dit ça et on se prend au jeu. J'ai passé l'âge de me faire tirer les vers du nez, je me mouche tout seul.

Je n'avais plus, face à ce moulin à paroles, qu'à me taire, attendre, subir. Il s'est envoyé une grande gorgée de muscat, il buvait ça comme de la Volvic, a soupiré bruyamment d'aise, a froncé sa broussaille de sourcils et s'est remis à parler, comme s'il entamait une longue conférence, moulinets de bras, hochements de tête, grimaces.

— On a fait un boulot super ensemble, c'est un des stages les plus performants, comme disent les crétins modernes, que j'aie jamais dirigé. Lucie, je la connaissais un peu, à Paris on avait déjà pratiqué les mêmes symposiums, comme disent les idiots actuels, et on travaillait un peu sur le même sujet. Mais elle, c'était le soft, comme disent les nuls, et moi le hard, comme disent les enfoirés. Ce qui est inexact. Tout ça pour dire que j'ai participé à la réalisation du logiciel qu'elle a, avec d'autres développeurs, comme disent les imbéciles, mis en circulation. Je ne vais pas vous les briser avec des détails techniques auxquels vous ne comprendrez rien, même si Lucie, en excellente pédagogue qu'elle était, avait dû déjà vous en toucher deux mots.

Il a repris son souffle en lampant une fois de plus son frontignan. Lui qui faisait semblant de tout savoir, là, il se gourait, avec Lucie, on avait un pacte. Comme je me voyais mal lui parler de plomberie, elle ne me parlait pas d'informatique. Nous préférions nous retrouver sur le reste, nos lectures surtout, cette boulimie qu'elle avait pour tout ce qui relevait de l'écrit, peut-être une résistance inconsciente à toute la modernité de son travail, l'écran, la disquette, la mémoire magnétique, tout ça.

— Elle est venue manger ici le mardi soir et a dormi dans la chambre du haut, pompeusement appelée chambre d'ami, car, les potes, une fois qu'ils ont dormi une fois là-haut, ne reviennent plus et se fâchent invariablement avec nous. Je vous rassure tout de suite, il n'y a pas de punaises ou de cafards et ce n'est pas la chambre des tortures locales. Non, mais les clebs, c'est là-haut qu'ils dorment. Toute la nuit, sur la couette, vous y avez droit. Contrairement à ce qu'on peut penser, les gens, en général, détestent les chiens. Ça pue et ça ronfle. Et, surtout, ça rêve, et, la nuit, un chien, ça s'agite drôlement.

Il m'a regardé cherchant à reprendre le fil de ses pensées, ou tentant de dénouer les miennes, je ne savais pas trop, tant son regard intense et mobile semblait perspicace.

— Après, je ne l'ai vue qu'au stage...

— Sauf le vendredi après-midi...

— Sauf le vendredi après-midi... Et je n'ai rien à dire là-dessus. Ni sur le reste... On a fait du bon boulot, c'est tout, dans la bonne humeur, ce qui ne gâche rien.

— Lucie était tellement... radieuse...

J'ai dit ça détaché, comme plongé dans l'évocation de ma femme disparue... Il m'a regardé d'un drôle d'air.

— Si vous voulez, il m'a répondu, un ton en dessous. Mais pour être franc avec vous, cet adjectif me semble faible, un peu gnangnan. Lucie était... aérienne... Non. Ça ne va pas non plus, c'est aussi con. Lucie était, comment dire, claire, voilà, c'est un peu ça.

Tellement claire, j'ai pensé, qu'elle en est devenue transparente. Et puis la clarté, parlons-en, c'était bien justement parce que rien n'était clair que j'étais là, dans ce capharnaüm de dément, à écouter pérorer ce type qui commençait à me sortir par les trous de nez, avec sa prescience infuse, son discours tautologique et dominateur, tout ce côté de celui à qui on ne la fait pas. Bref, ce mec se comportait un peu comme un adulte, moi, dans ma douleur, je ne pouvais être que démuni comme un bambin, et ça m'énervait.

J'en suais abondamment, tout à coup. Il a cru qu'il avait enfoncé un clou définitif et s'est permis de faire le vieux beau.

— Je peux même vous avouer que je lui aurais bien conté fleurette, à Lucie... Même si je n'étais pas son genre.

— C'est en me voyant que vous dites ça ?

— Non, pas du tout. Je ne me sentais pas de taille, c'est tout ce que je voulais dire.

— Vous avez eu raison, Frémont. Si vous aviez touché à Lucie, je vous aurais cassé la gueule.

Saisi, il ne m'a plus du tout pris pour le pauvre gars larmoyant enquêtant sur les frasques éventuelles de sa chérie disparue. Mais comme le mimile moyen prêt à tirer sur l'amant potentiel. Son regard s'est terni, ses gestes sont devenus légèrement moins précis, il a bu du muscat avec un peu plus de lenteur.

— Je vous remercie de votre compréhension, j'ai dit, pour calmer la tension qui, curieusement, montait.

Dehors, j'entendais maintenant les braillements des enfants, les cris de la mère, les aboiements des clébards, comme s'ils apparaissaient tout à coup, comme si nous avions été, avant, dans une bulle.

— Je vous laisse...

— C'est l'heure du repas, il a dit, soulagé. Avec les mômes, ça ressemble plutôt à l'attaque de Fort-Apache...

— Je m'en doute... Merci encore.

J'ai à nouveau retraversé la décharge municipale qui servait de patio à la famille Frémont, j'ai caressé la tête des enfants dépenaillés, la bouche et les joues noires de chocolat, j'ai salué la maman, toujours à sa corvée d'épluche, et sous le soleil brûlant, je me suis retrouvé près de mon vélo, mon pauvre vélo...

Dans toute histoire moderne, j'aurais dû monter dans une voiture et démarrer rageusement dans un grand crissement de pneus.

13

Léonard a juste dévalé la pente vers la rivière, arrivant près de la baraque du loueur de canoës, et a pris la route de terre sèche, à droite, vers les gorges.

La piste serpentait entre la rivière, à gauche, où trempaient des pins et des platanes, et une falaise, sur la droite, contre laquelle étaient garées de nombreuses voitures.

Entre les arbres, sur la rive herbeuse, sur des gravières de sable grossier, des familles, des couples, des gens se prélassaient, se baignaient, semblaient vivre intensément de somptueux pique-niques.

Il a dépassé une immense grève de cailloux, le long de laquelle le Gardon paraissait s'énerver un peu, le courant était plus fort, presque de petites chutes où les vacanciers tardifs engageaient leurs canoës en riant fort.

Puis une forêt de pins, coincée dans une gorge. Le chemin était très étroit, juste le passage du vélo dans les sous-bois d'épineux, sinueux, ça devenait un exercice périlleux de rouler, mais en tout cas ça lui occupait l'esprit. Alors Léonard l'a suivi le plus longtemps possible, les pans de sa veste de toile s'accrochaient souvent aux branches dures et brutales des arbousiers, et, quand il est arrivé au débouché de la première gorge, il a été frappé par le grandiose du paysage. Les falaises, hautes, couvertes à moitié par la garrigue, s'ouvraient dans une sorte de cirque lui aussi tapissé par un maquis, plus ras. Le Gardon serpentait, au fond, entre des dalles de pierre blanche. Quelques taches de couleur, souvent celle de la peau des baigneurs, égayaient cette grande fresque toute de vert et de blanc.

Le chemin s'arrêtait net sur un barrage de dalles et de rocs. Léonard a jeté son biclo dans un buisson et, la tête bourdonnante, il est parti à pied, longeant la rivière.

La plupart des baigneurs étaient totalement dénudés, augmentant encore l'impression paradisiaque du coin, et comme les naturistes sont plus silencieux, moins démonstratifs, il n'y avait pas de transistor gueulant près des draps de bain, il n'y régnait pas du tout la même ambiance qu'en dessous le pont du Gard.

Il a marché longtemps, franchi un autre verrou de pierres et de rocs, falaises en goulet, Gardon ruisselant, parcouru une autre gorge, aperçu d'autres nudités, celles-ci plus cachées, des familles, comme des Indiens, ayant élu domicile dans des bouquets de roseaux, ayant même fabriqué des semblants de hutte, et enfin trouvé, près de la rivière, sur une dalle glissante et brûlante à la fois, un endroit paisible, presque désert, tranquille.

Léonard s'est déshabillé et est entré à pas lents et frissonnants, l'eau était totalement glaciale, dans le Gardon. Suffocant, transpercé par l'onde comme des milliers de poignards, il est vite remonté sur sa dalle et, à même la pierre, s'est étendu face au ciel.

Le lundi, je ne sais pas. Sans doute Lucie a dormi à l'hôtel de Nîmes où elle était arrivée la veille au soir, il faudra que je me renseigne.

Le mardi, elle avait mangé et dormi chez l'autre ahuri. Frémont.

Le mercredi, chez Laurence. Son peignoir rouge. La piscine, la nuit.

Le jeudi et le vendredi, niet. "Radieuse", en tout cas. "Claire", selon l'autre Tournesol. Et puis après, rien, le rapport de stage posté dans le coin de Remoulins, sans doute le lundi suivant.

Pour ainsi dire pas de piste, fiasco complet.

Même plus envie de me renseigner auprès des autres stagiaires, tu parles, la Martinique... Ils n'en sauront pas plus, me diront le même genre de trucs, radieuse, claire, si sympathique, elle avait une telle pêche !... Merde.

Et j'étais là, à poil, séchant au soleil, presque calmé, dans un endroit sublime. Et je sentais mon corps énervé par l'eau si froide, calmé par le gril céleste, je le sentais par tous les pores, il réagissait tout seul, se mettait à revivre sans moi, comme s'il avait été sevré par tous ces derniers mois de prostration et d'oubli.

Et je savais que Lucie, aussi, c'était une histoire de peau, de nudité, sans doute, obligatoirement, peut-être ici même.

Je me suis redressé, de l'autre côté de la rivière, pas loin, dans un bosquet, deux types me mataient avec des sourires convenus et des yeux de braise. Bon. Laurence m'avait prévenu.

Je me suis rhabillé, me surprenant à baisser la tête, comme pris en faute. Mais Lucie n'était pas venue là, ou, en tout cas, n'y était pas restée longtemps. Même si ses abandons étaient devenus, avec le temps, très volontaires, admis, demandés, elle avait toujours gardé une sorte de pudeur, du moins avec moi, et presque une certaine pruderie, avec les autres.

Elle pensait que la beauté de son corps n'était pas l'objet d'une quelconque exhibition, mais il fallait que ça en vaille le coup, elle disait toujours que si un grand photographe lui demandait de poser nue, c'était oui tout de suite, là, pas de problème, il saurait, lui. Son côté irrémédiablement midinette. Cover-girl. Entre le prix Nobel et la couverture de *Vogue*, elle aurait choisi la seconde. Comme la plupart des intellectuelles, je présume. Parce que c'était toute cette féminité de bazar qui manquait à sa vie, ces petits riens qui ne sont, honte bue, que de petits plaisirs passagers.

Mais tout ça c'était de la psychologie à la con que je n'oserais même pas énoncer à quelqu'un d'autre, sans rougir et passer pour le débile moyen.

J'ai fait tout le chemin à l'envers, en passant par l'autre rive et en franchissant le Gardon par un gué, près d'une similiplage où des adolescents, couleur pain d'épice, muscles nerveux et luisants, macéraient lentement. Ils m'ont regardé silencieusement traverser la flotte, les godasses à la main, la tête baissée, ont dû être persuadés que j'étais le mateur moyen du village d'à côté, venu se rincer plutôt l'œil que le corps, et m'ont puni de leur lourd silence.

Heureusement qu'il y avait des cigales plus haut, et que la rivière clapotait...

14

Léonard a repris son vélo et est revenu à son point de départ. Littéralement.

A Remoulins, épuisé, il a fait une longue sieste, et, vers le soir, est allé à la gare se renseigner sur l'heure des trains.

Cette gare était une sorte de rêve. Les murs extérieurs étaient peints en jaune safran et la petite salle d'attente en mauve. Léonard a supposé que cette gare, on lui confirma qu'il n'y avait plus de trains de voyageurs depuis quelques années, on la maintenait un peu en vie, on la patinait avec des restes de peinture inutilisables ailleurs.

Mais Léonard ne prit pas de réservation, ne put se résoudre à s'avouer aussi vite vaincu, sec, battu à plates coutures. Même s'il n'apprenait rien de plus, il se rendit compte qu'il avait le temps, et qu'il devrait sans doute encore baigner dans le paysage alentour, comme pour se débarrasser d'une idée tenace, d'une idée de drame, pour se laver.

Il s'était rendu compte, devant le petit guichet

de bois ciré, devant l'hygiaphone derrière lequel un cheminot attendait patiemment, qu'il était lessivé, essoré, par le vent, le soleil, la transparence de l'air, le bruit des camions, le vert de la garrigue, la menace secrète et incompréhensible du pont du Gard. Et de savoir quand et à quelle heure il pouvait à tout moment s'enfuir, par Nîmes ou Avignon, lui convenait amplement, lui suffisait pour l'instant. Il était reparti de la gare en longeant les rails, était repassé par le passage à niveau, près du cimetière, et s'était assis, en fumant une cigarette, près des voies de chemin de fer, attendant le passage d'un train, comme ça, parce qu'il aimait bien...

Une vieille dame est passée, tout habillée de noir, le cabas à la main, le regardant avec gravité, s'arrêtant, repartant, retraversant enfin les voies pour aller à sa rencontre, hésitant, le regardant encore en coin, tournant le dos et revenant à la charge.

— Ça va ? demanda-t-elle, avec une voix chargée d'angoisse.

Léonard regarda tout autour de lui, pour savoir à qui s'adressait tant de peur contenue, tant d'appréhension et se dit un instant, ça y est, la folle du canton.

— Ça va très bien, je vous remercie, madame... Il répondit, tout sourire, tout normal, poli à l'extrême.

— Oui ? Hein ! Parce que hein !

Toujours cette voix d'outre-tombe. Un fantôme, se dit Léonard. Le cimetière tout proche.

Une hallucination. Mais les fantômes ne sortent pas en plein cagnard, ne sentent pas l'échalote.

— Je vous assure... ça va très bien... madame...

— Non mais... Parce que, hein !

— Je suis comme une vache. J'attends qu'un train passe.

— Justement... Justement...

— J'adore les trains, c'est très joli...

— Oui oui... mais... euh... la dame... Hein !

Toujours cette voix troublée par la peur.

— Quelle dame ? j'ai dit, tendu, croyant de nouveau à l'apparition.

Elle a posé son cabas pour rajuster son fichu sombre.

— En janvier, je sais plus bien le jour, vers le quinze, par là, il y a une dame qui s'est assise sur le rail et qui a attendu un train... Elle s'est suicidée avec le train, la pauvre... Avec le tournant, le conducteur ne l'a pas vue, il a juste eu le temps de corner... Je m'en souviens, j'habite pas loin, là-bas, la petite maison jaune, avec les tamaris, j'ai entendu le sifflet.

La pauvre dame, on en a retrouvé des morceaux jusqu'à la gare, là-bas. Vous vous rendez compte ? Et moi, je veux plus ça, je passe ici, tous les jours, pour aller au Casino, il y avait du sang, pendant un mois, avant que ça soit recouvert par la poussière, je ne veux plus ça, moi, c'est épouvantable...

— Madame... je vous assure que je ne veux pas me suicider...

— C'est tant mieux, parce que hein !

Les barrières du passage à niveau se sont baissées, accompagnées d'une sonnerie stridente.

— En voilà un, a crié la vieille dame.

Alors je lui ai pris la main.

Elle ne l'a pas retirée, c'était comme si elle tenait la main d'un possible grand enfant dépressif, et moi, c'était pour calmer cette mémé, lui dire tout va bien, n'aie pas peur...

On a entendu le grondement métallique de la rame qui passait sur le pont, derrière le tournant, et le train de marchandises est arrivé, une BB 8000, comme le Hornby de mon enfance, avec de gros wagons derrière, des citernes surtout, et il est passé devant nous, en claquant sur les rails, je voyais le bois du passage à niveau s'enfoncer légèrement au passage des bogies.

Il a disparu, devant la gare, entre d'autres wagons à l'arrêt sur les voies de triage.

J'ai lâché la main de la vieille dame et elle est partie sans un mot.

Le soir, Léonard s'est enfin décidé à dîner au restaurant de l'hôtel.

La jeune serveuse en était apparemment toute contente. Elle s'appelait Clara, elle était plus italienne qu'espagnole, Léonard s'était gouré.

Et il s'était vaguement souvenu avoir lu que les Italiens, au début du siècle, en avaient bavé dans la région, il y avait même eu de nombreux morts, des espèces de pogroms du côté de Carpentras, ou de Cavaillon, il ne savait plus. La salle était pleine, il reconnut les inévitables VRP de passage mais l'essentiel du public était des touristes, blonds et rougis par le soleil, de vrais homards, des gens du Nord finissant leurs derniers jours de vacances. Ils en profitaient pour écluser leurs dernières bouteilles de côtes-du-rhône et, du coup, parlaient fort et démonstratif.

Léonard mangeait du bout des doigts, la faim n'était pas encore là, et lisait des passages du livre de Kierkegaard. Sans vraiment être à sa lecture. C'était trop irréel, mais le pessimisme était au menu, quoi qu'il fît.

"Le vin est la défense de la vérité, comme la vérité celle du vin"..., rigolait le philosophe.

Clara faisait le service avec une grande maestria, tellement rapidement qu'elle pouvait se permettre de parler à tous les clients, faire son aubergiste à l'ancienne, sa tavernière, se débrouillant, à chaque passage près de sa table, pour tenter de savoir ce que Léonard faisait dans la région. Il résista tant bien que mal jusqu'au moment où il dut lui dire qu'il était là en vacances, ce qui permit à la jeune femme de lui demander derechef ce qu'il faisait comme métier et ainsi de suite, et de lui expliquer qu'elle aussi elle aimerait voyager, mais les gosses, et le mari qui est maçon et, en ce moment, le boulot, hein...

Le soir, à la nuit venue, il alla se promener. Le mistral était tombé, presque aussi rapidement qu'il était apparu. Léonard était légèrement grisé par la douceur du soir et le simple fait de pouvoir marcher dans les petites rues sombres, les mains dans les poches, la cigarette collée aux lèvres, lui paraissait d'un exotisme absolu.

Il entendit des sonneries de trompettes étranges, comme un disque éraillé répercuté par un haut-parleur tonitruant, et puis une musique genre corrida, une espagnolade massacrée.

Il se dirigea vers ce bruit qui flottait dans le bleu sombre de la nuit, prit une petite rue, pas loin de son hôtel et arriva près des arènes. C'était samedi, il y avait une course à la cocarde, avec des taureaux, la manade Martini, annonçait l'affiche. Tout Remoulins avait l'air de s'être donné rendez-vous là, surtout les jeunes et Léonard fut étonné d'en voir autant, lui à qui il avait semblé que la ville était plutôt réservée aux vieux, du moins aux adultes.

Il acheta son ticket et entra dans de petites arènes surplombées de gros platanes, entre lesquels pendaient des ampoules. La piste, encore déserte, était entourée d'une palissade rouge et les gradins, à claire-voie, étaient noirs de monde.

Cherchant une place, il tomba sur Laurence Lansade qui, tout sourire, son tee-shirt noir bâillant sur de grands pans de peau bronzée, lui présenta son mari, Bernard, un grand type jovial, avec un grand nez et des cheveux longs, une sorte de grand Duduche de quarante ans, qui lui serra la main avec chaleur et l'emmena, manu militari, s'asseoir sur des gradins, dans l'obscurité, sous les platanes, en lui expliquant qu'il n'y avait que les étrangers, les touristes et les zoophiles qui se mettaient sous les loupiotes.

Léonard comprit vite ce que Bernard avait tenté de lui dire, en voyant de grands blonds braillards se balancer de grandes claques sur les bras, sur les cuisses dénudées par les bermudas, et, quelquefois, sur la figure.

Les moustiques.

Il parla avec Bernard de tout et de rien, et comment trouvez-vous la région ? et Bernard, sûr de sa qualité de journaliste local, défendant et démolissant le coin en même temps, lui dressa, intarissable, un tableau hyperréaliste des caractéristiques, spécialités, espoirs et défaites annoncées de la remoulinité.

Et Léonard écoutait patiemment, parfois sans rien comprendre, et sentant sur lui le lourd regard de Laurence, dans le noir, seules ses grandes lunettes scintillaient, comme si elle soupesait le poids des affirmations de son mari et leur importance par rapport à mon histoire personnelle. Je m'en foutais un peu de ces dérives sur la région, comme quoi c'était là, à Remoulins, la vraie transition entre plaine et garrigue, entre richesse et pauvreté, entre le peuple de la mer et celui qui descend des Cévennes. La chance pour Remoulins d'être un carrefour, à mi-chemin entre Avignon la Papale et Nîmes la Parpaillote, entre Uzès le premier duché de France et Beaucaire, et la manne du Gardon qui ensemençait les terres à chaque crue, maintenant c'est fini, les barrages ont calmé le cours du fleuve, il faut absolument aller voir celui de Vallabrègues, dix kilomètres à peine, et les cerises qu'on abandonne au profit de l'asperge et du kiwi, *actinidia* Bernard disait pour faire agronome, et c'est juste là la fin du vignoble riche, le côtes-du-rhône, après, vers Nîmes, ça fait partie du tout-venant de l'Hérault, impossible d'avoir une appellation contrôlée qui fasse marcher le commerce, bref toutes ces notions de transition si importantes pour comprendre la région et ses problèmes...

Quand la course commença, à mon grand soulagement, il en était au chômage, à l'immigration historique, Italiens et saisonniers espagnols, et même aux Hmongs qu'on avait installés pas loin.

Mais j'ai dû déchanter car, à ce moment-là, il s'est lancé, logorrhée indestructible, dans une explication de la bouvine et du razet, il prononçait ces mots comme des données scientifiques, l'encierro, le peigne de fer, l'abrivado, la cocarde, tout ça, et moi je ne l'écoutais plus, je voyais seulement des jeunes gens habillés de blanc courir en tous sens, dans le soir blond d'une arène, devant un taureau joueur et joyeux, imprévisible et batailleur, courant en tous sens, et il n'y avait pas que les razetteurs qui sautaient la palissade, la palanquère, et qui s'accrochaient aux gradins avec des détentes prodigieuses, mais aussi la bête qui les suivait et provoquait ainsi, derrière les protections de bois, un beau bordel.

Tout le monde riait beaucoup, applaudissait parfois, le speaker hurlait, faisant monter les enchères, et Laurence a dû comprendre mon énervement et s'est débrouillée pour embrasser goulûment son mari sur la bouche, un patin qui, enfin, arrêta son dégueulis verbal.

Et moi, à voir ce taureau courir dans l'arène, je pensais au Minotaure et au fil d'Ariane. Je n'étais qu'un Thésée de merde, je n'avais pas de fil, moi, pour retrouver mon Ariane, l'idée de mon Ariane.

Les razetteurs raflèrent la cocarde, les glands et les ficelles et se cachèrent derrière la palissade. Le taureau ne voulait plus quitter le lieu de la joute, il s'amusait trop, l'idée de revenir au corral ne lui plaisait pas du tout, il voulait une revanche.

— Amenez le cimbeù ! hurla le speaker.

Bernard réussit à se déventouser pour m'expliquer qu'on appelait le vieux bœuf, le chef placide du troupeau, que seul le taureau accepterait de suivre hors de scène.

J'ai tenté de pas y voir une métaphore personnelle.

Il était presque minuit.

Nous étions à la terrasse du petit café, au bord de la nationale, buvant du vin frais au ras des camions qui passaient en trombe. J'avais la tête encore emplie des images de la course, nettes, jaunes, précises, des arabesques compliquées, des cris de victoire incompréhensibles, il y avait eu aussi des jeux pour les enfants, une piscine en plastique dans laquelle il fallait faire entrer un taurillon, il y avait eu aussi du tragi-comique, le Hollandais bourré à qui tout ce cirque semblait facile, vu du haut des gradins, qui était descendu dans l'arène faire le fier-à-bras, épater ses copines, et qui s'était fait proprement et méchamment aplatir contre la palissade par un taureau qui l'avait vu arriver de loin.

Bernard était maintenant presque muet, il semblait épuisé, ou du moins ne tentait pas de rivaliser avec le fracas dégagé par les trente-huit tonnes qui le frôlaient. Il tenta de m'expliquer que c'était pour ça qu'il n'aimait pas Remoulins, ce manque d'âme, et que, dans son petit village, il y avait un café tranquille, sur la place, un endroit silencieux où il faisait bon boire le plus tard possible.

Je n'ai pas tenté de lui dire que, moi, justement, ce qui commençait à me plaire, à Remoulins, c'était ce manque de pittoresque, cette modernité vaguement repoussante pour l'amoureux des vieilles pierres, mais qui avait l'avantage de plus ressembler à ce qui se passait partout, en France.

Laurence, elle, me souriait. Elle se voulait, je présume, vaguement consolante. Elle n'en demeurait que condescendante.

15

C'était Clara qui faisait la garde du soir, derrière le comptoir de l'hôtel. Elle m'a regardé d'un drôle d'air en me donnant ma clef.

J'ai senti qu'elle voulait me dire quelque chose d'important, de définitif, j'ai cru d'abord à une invite, un appel, quelque chose de ce genre et je me suis mis à réfléchir comment arrêter net tout ce cirque sans blesser personne.

Mais elle m'a sorti, penaude, une des photos de Lucie, que j'avais laissée dans ma chambre.

Ma tête s'est mise à me lancer.

— En faisant le ménage... elle a dit. Elle était sur la table, je n'ai pas fouillé.

J'ai pris rapidement la photo que j'ai glissée dans ma poche. Je devais avoir subitement l'air furieux ou menaçant, car elle s'est mise à parler à toute vitesse, pour m'amadouer.

— Je me suis permis de la prendre, pour vous demander, je la connais, elle s'appelle Lucie.

Je n'ai rien dit, abasourdi, tout à coup vidé. Le trésor était là, sous mes pieds, je n'avais pas su donner le premier coup de pioche. Ça paraissait si facile.

— Comment vous la connaissez ?

— Elle est restée à l'hôtel... Ça devait être un peu avant les vacances...

— Comment vous savez qu'elle s'appelle Lucie ? j'ai réussi à dire, d'une voix tout à coup montant d'une octave.

— C'est elle qui me l'a dit, elle était tellement gentille, on a bavardé... Comme ça...

— Pourquoi vous dites “était” ?

— Ben, elle était très gentille... Comment voulez-vous que je dise ?

— Elle est restée combien de jours ?

— Je sais plus, deux ou trois jours... elle a dû partir un samedi ou un dimanche, je m'en souviens, parce que la poste était fermée et elle m'avait demandé de poster une lettre le lundi matin.

Voilà. Une explication qui cadrait. Clara avait posté le rapport de stage de Remoulins, alors que Lucie devait être déjà possiblement loin. Je réfléchissais à toute vitesse. Je tenais un semblant de fil, une trace extrêmement mince, il ne fallait pas la perdre, la casser, il fallait faire attention à cette jeune femme, ne pas l'effrayer, ou bien alors lui faire très peur, au contraire, pour qu'elle déballe tout ce qu'elle savait, et en vitesse.

— C'est une connaissance à vous ? elle a continué, me devançant de peu, j'avais décidé de jouer la deuxième solution et de la brusquer un peu, j'en avais marre d'être le gentil, le bon con qui erre au hasard des aveux divers.

— Ma femme. Elle a disparu. Sa dernière trace semble être ici. Dites-moi tout ce que vous savez, ça évitera aux gendarmes de le faire à ma place.

Le mot gendarmes, la peur du képi et des chaussettes à clous ont emporté vite la décision. Elle est devenue toute blanche.

— Mais elle ne s'appelait pas comme vous, elle avait un drôle de nom... Attendez...

Elle a sorti de sous le comptoir des gros cahiers noirs de réservation et de gestion de l'hôtel.

— Tout est écrit là-dedans. Le patron recopie les fiches...

Elle tournait les grandes pages. Sa main tremblait.

— Ça devait être vers le mois de juin, début juin, quelque chose comme ça...

— Entre le 22 et le 25 mai.

— C'est ça.

Son petit doigt courait verticalement.

— Là. Lucie Lammermoor. Je savais bien que c'était un nom bizarre. Pas de chèque ni de carte bleue, elle a dû payer en liquide.

Lucie Lammermoor. Tu parles d'un pseudo. C'était vrai qu'elle adorait Donizetti. Mais, blague pour blague, humour noir à distance, je pensais plutôt à Lucie l'Amère Mort, ou Lucie La Mère Mort, c'est vrai qu'elle n'avait jamais voulu avoir d'enfant.

— Le jeudi, le vendredi et le samedi...

Je continuais à tenter de réfléchir à toute vitesse. Qu'est-ce que Lucie avait bien pu faire, ici, dans cet hôtel, alors qu'à Nîmes elle aurait pu se payer un trois étoiles et être à deux pas de son travail ? Pourquoi s'était-elle enterrée ici ?

Clara a dû prendre mon silence temporaire pour de l'abattement, ou bien la fin de mon questionnement. Soulagée qu'on ne la passe plus sur le gril, elle s'est un peu détendue, feignant la compréhension, l'intérêt.

— Mais elle a disparu... disparu ? Comme ça ?

— Faut croire.

— Et... vous la cherchez ?

— A votre avis ?

Elle a fait machine arrière.

— Une si gentille dame. Tellement gentille. On avait bien rigolé, il y avait eu des Chinois, le vendredi, c'est marqué là... Tenez, non, des Coréens... On s'était moqué gentiment d'eux, ils faisaient de telles grimaces en mangeant la tapenade !

Je commençais à être épuisé. Je ne comprenais rien à rien, du mou de veau dans la tête, les nerfs en pelote, je me serais bien saoulé, tiens, là, comme ça.

J'ai allumé une cigarette et, près de la porte vitrée, j'ai regardé défiler des camions silencieux, éclairés comme des cathédrales.

Il ne se passait rien, j'entendais, dans mon dos, Clara ranger le dossier, farfouiller dans quelques papiers. J'entendais son siège grincer. Juste un peu trop. Comme un faisceau d'ondes électriques venant percuter mon dos. Des ions me tapant avec la force muette d'une enclume volante. Un poids derrière la nuque.

— Clara... j'ai dit, d'une voix lasse, sans me retourner.

— ...

— Clara, vous avez à me dire quelque chose... Vous auriez pu regarder cette photo, dans ma chambre, et vous taire. Mais vous êtes, d'une certaine manière, aussi curieuse que moi.

Le silence qui suivit était bien sûr un aveu.

Un client est arrivé, a demandé sa clef et est monté se coucher.

Un homme qui aurait un sommeil sans doute profond.

J'ai terminé ma cigarette et je l'ai jetée dans la rue en ouvrant à mon tour la porte vitrée. Un peu d'odeur de gaz d'échappement, un peu de bruit de moteur entrèrent en même temps, puis tout redevint feutré.

Je me suis retourné en avançant lentement vers le bureau. La petite Italienne était figée, blanche, les yeux baissés.

— Elle est morte ? elle a dit, très doucement.

— Je ne sais pas. Peut-être.

— C'est que je ne veux dénoncer personne, moi.

Je n'ai pas répondu. Je l'ai laissé faire tout son parcours mental. Je l'ai laissé soupeser la possibilité que j'avais d'en parler aux gendarmes, eux lui *demanderaient* de parler, j'ai juste tenté de la rasséréner par mon silence, par ma résignation, par mon immobilisme. Étrange tête-à-tête du soir...

— Euh...

Et puis elle a toussé. Et puis elle a parlé, d'une voix de petite souris.

— Le vendredi et le samedi, elle n'était pas seule.

Nous y voilà. Encore une fois. Cette idiote histoire de coucherie, d'infidélité lamentable.

— Un homme.

— J'avais compris, j'ai dit.

— Il parlait très bien français, mais je crois qu'il était allemand ou quelque chose comme ça...

— Vous en savez des choses, Clara.

— C'est lui qui a commandé le petit déjeuner, au téléphone, il s'exprimait très bien, mais avec un accent terrible, un peu comme les types, dans les films, qui jouent les officiers nazis, et j'ai trouvé un bouquin dans la chambre, le lendemain, un livre de poche, à deux sous, en allemand. Du moins, je crois... Je l'ai jeté. Je ne pouvais pas savoir.

— Comment ça se fait que vous ayez tant de mémoire, Clara? Ce n'était qu'une histoire d'hôtel de province, une coucherie, ça doit vous arriver souvent...

Elle s'est énervée un peu, presque hystérique tout à coup.

— Parce que Lucie, je l'ai enviée.

Elle a levé ses yeux, m'a regardé. Peut-être que j'étais le taureau à qui elle allait arracher la cocarde, je ne sais pas, ce n'était pourtant pas du défi, plutôt un grand apitoiement.

— Il était très beau... Un grand type blond, avec les cheveux longs en queue de cheval...

Le mistral s'était levé dans ma tête. Je l'ai laissé souffler un moment, sans bouger, l'œil fixé sur le petit visage aigu et immobile de Clara.

— Bonne nuit.

Je me suis enfermé dans ma chambre en claquant la porte.

16

Léonard avait les yeux ouverts dans la nuit.

Il frissonnait, tout habillé sur le lit.

Il se disait qu'il fallait tout arrêter. Qu'il ne voulait plus rien savoir sur cette histoire d'amour que Lucie avait vécue sans lui, à part lui, d'un autre côté. Une vraie histoire rendant la sienne propre, la leur, plutôt nulle, sèche, caduque.

Un homme sublime. Qui est reparti dans son pays.

L'étranger admirable. Qui passe. Sans attaches. Sans danger.

Comme dans *Théorème*. L'Ange. Le Chevalier Blanc. Le Casanova. Celui pour lequel, l'espace d'un moment, on oublie, on se donne, on se damne. Toutes ces conneries des romans à deux sous. Une femme dans chaque port. Le catalogue de Don Juan. Léonard détestait Mozart, et son Don Juan, surtout, une histoire parmi les plus bêtes qu'il connaissait, avec cet abruti de Leporello qui tient des listes. Passe encore Molière, il avait vu une fois, à la télé, avec Piccoli qui l'avait presque convaincu. Même le Commandeur n'avait pas trop l'air de sortir d'un épisode de *Maciste contre les machistes*. Question fantôme, Léonard n'en admettait qu'un, celui d'Hamlet. Un point, c'est tout.

Mais le Nordique à la queue de cheval n'avait pas été qu'une apparition, il était de chair et de sang, de chair surtout.

Suffisamment de chair pour bouffer l'âme de Lucie.

Un homme pour lequel Lucie s'était supprimée.

C'était si bête.

Et pourtant, à son retour, Lucie avait été aussi tendre qu'avant, même si son étreinte était devenue dure, volontaire, comme si les nerfs étaient toujours à fleur de peau.

Peut-être qu'elle voulait profiter de ce qui lui restait, ce pauvre Léonard, ce pauvre homme muet et un peu bas de gamme tout à coup, mais son homme quand même, celui qui l'aimerait toujours alors que l'Autre était parti.

Le téléphone résonna sur la table de nuit. Léonard décrocha.

— C'est Clara... J'ai oublié de vous dire quelque chose. Lucie m'avait demandé l'adresse d'un meilleur hôtel, dans le coin. Je lui avais parlé de celui de Castillon.

J'ai raccroché sans un mot. Cette petite furie me demandait implicitement de continuer mon enquête, de m'enfoncer dans cette histoire banale.

De trouver le rival.

Du moins de retrouver des traces du péché, de la faute, du manquement.

De boire ma honte jusqu'au fond du calice.

Cette jeune femme vivait quelque chose de fort par procuration. Sa soi-disant mémoire m'inquiétait. Tout l'été, des clients défilaient dans cet hôtel, c'était improbable qu'elle se souvînt aussi bien de quelqu'un, même souriant, même affable, qu'elle remarquât autant un si beau jeune homme. Les gens du nord défilaient tout l'été, l'amant de Lucie n'avait pas été le seul monumental Viking à arpenter les rues de Remoulins.

Environ une heure après, Léonard réussit à pleurer. Plus d'énervement que de peine. Ça le vida et il s'endormit presque aussitôt après. Ce qu'il ne sut pas, c'est que Clara, en bas, dans la nuit de son bureau, sobrement éclairé par une petite lampe, pleurait, elle aussi.

17

La chaleur était inexplicablement suffocante. Septembre d'or. On parlait de canicule, on évoquait la disparition de l'eau comme du drame essentiel.

Le mistral était tombé et le ciel était d'un bleu pensif, légèrement zébré de très fines lamelles blanches. Sur le quai de la gare de Nîmes, Léonard, assis sur son sac de voyage, se sentait comme un soldat vaincu, heureux que la guerre soit terminée, malheureux d'avoir perdu une partie qu'il n'avait jamais contrôlée vraiment.

Il avait décidé d'arrêter les frais. On ne s'érige pas flic comme ça, flic de l'âme et du corps, en plus. Il s'était senti ridicule, le matin, devant le petit déjeuner impersonnel posé sur la nappe à carreaux. Que faisait-il là ? Ce qui s'était passé, durant la nuit, ne le concernait presque plus. Le jour avait lavé la bêtise des événements. Clara devait dormir, après son service de nuit. Une grande blonde, la patronne peut-être, la remplaçait. Le café était tiède, Léonard l'avait fixé trop longtemps sans bouger, tentant de remettre de l'ordre dans sa tête.

Il fallait partir. Il ne saurait pas, n'aurait personne à accuser, à punir. Il était un vengeur à la manque, la vie moderne n'était pas la scène d'un théâtre de type élisabéthain. Lucie avait dû s'endormir au volant. Lucie avait peut-être pensé trop fort à son aventure, elle ne s'était pas sentie dériver sur la gauche, elle n'avait pas vu le camion. Sans doute, comme on le dit, dans la dernière seconde, sa vie avait défilé devant ses yeux, à toute blinde, et là, peut-être que c'étaient des images du grand Suédois qui avaient marqué sa prunelle à jamais, au lieu de celles plus nombreuses, plus tranquilles, des moments léonardiens.

Mais il s'en fichait. Lucie ne reviendrait pas. Et lui ne serait plus jamais le même. Tant pis. Il deviendrait bien un autre homme. Il faudrait composer avec les mauvais souvenirs qui lui remonteraient quelque temps à la mémoire, et notamment, cette rage avec laquelle Lucie lui avait dit : ne pose aucune question, mais absolument aucune, sinon je m'en vais à jamais. Il aurait dû en poser puisqu'elle est partie. Il avait été lâche. Et en même temps... il lui en avait fallu du courage pour ne rien demander. Pour se taire. Pour ne pas savoir.

Et maintenant il ne savait toujours rien. Ou s'il savait tout, Lucie avait rencontré un type avec qui elle avait vécu la définitive passion, c'était nul. Con. Pas la peine d'avoir perdu son temps pour savoir ça.

Et Léonard se souvint tout à coup d'un film à la

noix, *Cousin Cousine*, où il y avait à peu près le même genre de situation, la femme qui revient, après une nuit d'amour avec un autre, et qui prononce à son mari les mêmes paroles. Et le mari la fermait. Et cassait un meuble, ou la vaisselle, il ne savait plus très bien. Et d'évoquer cette bluette pour lecteurs de romans roses, ce film un peu neuneu, cette histoire à faire frémir les midinettes, avait sorti Léonard de sa léthargie.

Il avait bu son café d'une traite, avait été chercher ses affaires, avait payé sa note et avait pris son vélo pour aller à Nîmes. Vingt kilomètres à se faire frotter par les camions et les voitures, sur la RN 86, vingt kilomètres où il n'avait pensé à rien, sinon quelques décisions à prendre pour tout changer, à Paris, changer de lieu, d'amis, d'habitudes. Se remettre à neuf. Faire du neuf avec du vieux. Retaper.

La bicyclette, il l'avait laissée contre un mur devant la gare, quelqu'un la prendrait, elle ne resterait pas longtemps toute seule, c'était sûr. Il y avait un TGV pour Paris, une heure après, il n'y avait plus de places, mais Léonard s'en foutait, il monterait quand même, voyagerait debout, était prêt à payer toutes les amendes qu'il faudrait, quitte à payer jusqu'à l'os, autant tout faire d'un coup.

Il était énervé.

Il se serait volontiers battu avec quelqu'un.

Une impression ténue qui datait d'avant Lucie, quand, à dix-neuf ans, pour sortir de sa banlieue, et de son boulot, plombier-chauffagiste, petite entreprise de Melun, il s'était mis à faire de la lutte, la libre, pas la gréco-romaine, et c'était là qu'il avait rencontré un type, un éducateur ou quelque chose comme ça, qui lui avait dit texto, mon pote, tu ne seras jamais riche, mais au moins essaie de ne pas être pauvre dans la tête. Et quand les soudures et compétitions locales lui en laissaient le temps, il s'était mis à reprendre ses études, à passer des examens, à grimper sur l'échelle, jusqu'au moment où il avait dû choisir entre la lutte, la vraie, le corps à corps sur le tapis du gymnase, et l'autre, la sociale. Il avait opté pour les études et le regrettait à tout moment jusqu'au jour où il avait rencontré Lucie. Et c'est avec elle qu'il était devenu prof, et lecteur, et voyageur. Amoureux à perpète. Incessant curieux. Qu'il était devenu tranquille.

Trop. Puisque Lucie était tombée sous les griffes du premier bergmanien qui passe.

Sur le quai, du monde, par paquets. Des annonces de haut-parleur. Le train venant de Montpellier. Les gens qui bougent, comme au ralenti, ils prennent leurs valises, s'approchent du bord du quai, rameutent les mômes, embrassent la grand-mère.

Le grand train orangé glisse sur les voies, lui passe devant en chuintant. Léonard prend son sac, il a le temps, il va laisser monter les autres, grimpera en dernier, et verra où s'asseoir.

Les portes s'ouvrent.

Des gens descendent, tentant une percée entre tous ceux, impatients, qui veulent monter.

Léonard, curieusement, se fige.

Un grand type blond, beau comme un astre, en

tee-shirt rouge, descend. Il a une queue de cheval, des petites lunettes cerclées. Grand, immense même, ses bras bronzés, ses muscles longilignes. On s'écarte presque respectueusement. Dès qu'il a franchi le barrage des voyageurs agglutinés et angoissés, il jette par terre son sac à dos et sourit, en regardant la gare, la ville, le ciel. Je suis fasciné. C'est un hasard. Le hasard est le chien de l'enfer. Je me barre, je me taille juste au moment où un ange débarque. Comme s'il prenait *exactement* ma place. Comme si je lui laissais le terrain libre, comme s'il arrivait pour combler la place désormais vide. Comme si rien ne se perdait, rien ne se créait. Tout était interchangeable, et l'histoire bégayait. Sur le maigre échiquier de mon histoire récente, il y avait un échange de pièces, fou contre fou...

J'en avais les bras qui me faisaient mal. Je ne pouvais pas détacher mes yeux de ce géant sans doute innocent, qui riait de se trouver encore au soleil, qui poursuivait ses vacances, ou bien qui venait rejoindre un être aimé. Il a allumé une cigarette. Son calme faisait tache sur l'entourage effréné qui prenait les wagons d'assaut, en trépignant comme des bousiers devant leur boule de crotte.

Les portes du train, après un couinement, se refermèrent automatiquement. J'étais toujours à la même place. Lui aussi. Et puis il a pris son baluchon et, de sa démarche de fauve, s'est dirigé vers la sortie. Tétanisé, je ne l'ai pas suivi des yeux. Je regardais devant moi, les wagons défilaient, une trame horizontale de blanc, de noir et de sombre, et puis la rame est passée, et, de l'autre côté des voies, à travers les murs ajourés de la gare, j'ai vu les toits de Nîmes, bleutés, avec les frises vert sombre des cimes de micocouliers.

J'ai mis un long moment pour me calmer et me mettre à penser à peu près normalement. Je n'étais pas parti. Mon corps entier était resté planté sur le quai. Un énorme clou. Une grande partie de mes électrons intimes avaient pris la décision pour moi, et m'avaient soudé au quai.

On voulait que je reste. Ce "on" qui n'était pas complètement moi. Ce "on" qui était tout, comme un havresac contenant, en pagaille, dans un désordre de moi seul connu, prémonition, intuition, méchanceté, haine, amour, envie, jalousie, malheur.

18

Le vélo n'était plus là. Puisse le voleur passer sous les roues d'un camtar, pensa méchamment, mais clairement Léonard.

Il prit un taxi pour Castillon-du-Gard et ferma les yeux tout au long de la route, singeant fatigue et sommeil. Il ne les ouvrit, piquants sous l'illumination soudaine, rougis sans doute, que lorsque le chauffeur lui demanda, où exactement, à Castillon.

Ils étaient sur une petite place tout en longueur, bordée de vieilles maisons retapées et de quelques magasins. Il paya sans répondre et sortit du véhicule. Il vit un panneau indiquant Remoulins, au coin d'une rue. Au fond de la place il y avait une église moins ancienne, la laideur caractéristique du dix-neuvième siècle, et un petit café. Une rue, comme enserrée de palais décrépis, partait sur la droite. Il l'arpenta avec lenteur, regardant les pierres, certaines brossées, un jaune plus clair, des grilles en fer forgé, plus haut comme des mâchicoulis, des pignons immémoriaux, et les toits de vieilles tuiles romaines. Le village était magnifique, le typique petit village Renaissance, bien retapé, ou presque, mais quasiment vide de vie. Pas de chats, pas de mémés sur la chaise paillée, devant la porte, pas de gosses. Quelques voitures, garées dans des encoignures. Un petit camion d'une entreprise de plomberie. Tiens, pensa Léonard, prêt, depuis l'Apparition du train, à repérer tous les signes les plus absurdes le concernant.

Tout au bout de la petite rue, une minuscule place, à côté de ce qui devait être l'ancienne église du village, médiévale celle-là. Et des maisons avec des portails aveugles, et du verre pilé sur le haut des murs. Chasse gardée. Léonard était au fond du village, au bord de la falaise. Il dominait la région en contrebas, des vignes, la terre comme passée au peigne fin, stries vertes bien ordonnées, des mas comme sur une carte postale, la garrigue au loin, une petite chapelle blanche plantée au milieu des pampres.

Et là, tout à coup, il réalisa que cette chapelle, il l'avait déjà vue, et la route en bas, c'était cette route qu'il avait parcourue à vélo, deux ou trois jours auparavant, et que c'était bien peut-être un symbole, du moins une métaphore, maintenant, *il voyait les choses de haut.*

Un raclement. Il tourna la tête, il y avait, juché sur une pierre, un jeune garçon qui, le doigt dressé devant la bouche, lui conseillait de ne faire aucun bruit.

Léonard lui sourit et écouta.

Une voiture au loin, des voix, loin, plus bas, des chants d'oiseaux, un peu de souffle de vent.

— Le rossignol, dit le gamin à voix basse.

Léonard tenta d'isoler, au milieu des piaillements, le chant caractéristique.

— Il est encore là. C'est à cause de la chaleur. Il va rester presque un mois de plus.

— C'est en septembre qu'il s'en va ? j'ai demandé à voix basse.

— Théoriquement. Les hirondelles se groupent déjà. Il part juste avant. Ses enfants de l'année sont grands, ils volent bien, maintenant, et il les accompagne.

— Ah bon...

Le garçonnet, cheveux drus et noir corbeau, était d'un sérieux imperturbable. L'ornithologue en chef s'adressant au béotien. Je n'ai pas pu m'empêcher de penser aux enfants soi-disant rivés au Club Dorothée, bousillés par le Game Boy, nintendisés et perdant les vertes caractéristiques de leur âge béni. Tu parles. Ils étaient comme toujours. D'un sérieux immense, écoutant, en plein après-midi, le chant des rossignols et se faisant du souci pour eux.

— Et ils s'en vont loin ? j'ai demandé.

— Égypte. Soudan, quelquefois, les hauts plateaux du Nil... L'Afrique aussi, l'équateur, là où il fait chaud en hiver...

J'ai sifflé d'admiration.

— C'est un oiseau extraordinaire, il a continué, toujours tendu, sérieux comme un pape, au mois d'avril, le mâle arrive, construit le nid et se met à chanter. En fait il s'entraîne. Ce n'est qu'en mai, vers la fin du mois, que, pendant une semaine à peu près, son chant est le plus beau. Car la femelle arrive par là, à ce moment et, le soir, la nuit, elle doit repérer le chant de son mari, qui est unique.

Je ne disais rien, pensant à ce drôle de mot, mari, qu'il avait employé. La femelle et le mari...

— C'est extraordinaire, il a continué, concentré. Ils viennent d'Égypte, traversent la mer, à presque un mois d'intervalle, et ils se retrouvent dans un périmètre d'une centaine de mètres à peine...

— C'est sans doute parce qu'ils s'aiment, j'ai dit en souriant.

Il m'a regardé comme si j'avais dit la bourde totalement antiscientifique. Ce garçon devait être abonné à *Science et Vie*, ou quelque chose comme ça.

Un tracteur passait en grondant sur la route, tout en bas.

Je l'ai suivi des yeux. J'étais un drôle de rossignol, moi. C'était ma femelle qui était venue ici avant moi, dans les parages, et qui s'était construit un drôle de nid. Et moi, cinq mois après, j'essayais toujours de la retrouver. Mais elle ne chantait plus.

J'ai laissé le jeune garçon à ses études en plein air, et je me suis enfoncé à nouveau dans le village.

J'ai vite trouvé l'hôtel mentionné par Clara. Le seul de Castillon. Et sans doute le plus beau, et le plus cher, de toute la région. Il occupait plusieurs pâtés de maisons, des passerelles de pierre, de vieilles arcades enjambaient les rues étroites et l'on passait de cours fleuries en patios dénudés, on montait des escaliers de pierre et on arrivait à une immense piscine coincée entre des hauts murs cassés, des pans coupés de rempart, une pièce d'eau pavée de marbre, à côté de laquelle se pavanaient des chaises longues blanches étincelantes. Deux ou trois personnes s'y prélassaient, des êtres à grosses lunettes et à montre de métal, à bedaine cinquantenaire.

Tout était feutré. Aucun bruit à part un peu de vent soufflant entre les murailles, et le léger clapotis de l'eau remuée par le pied nonchalant d'une baigneuse un peu neurasthénique.

Je ne me suis pas vu passant beaucoup de temps dans cet endroit pour touristes richissimes, Relais & Châteaux, j'ai pris une chambre pour deux jours, et je me suis demandé comment procéder pour aller vite, savoir ce qu'on pouvait m'apprendre, à qui je pouvais poser des questions sans passer pour un pseudo-flic de base, un détective à la con, un mari jaloux. Un vulgaire, vu les lieux.

— C'est une amie qui m'a conseillé cet endroit, j'ai dit en remplissant ma fiche.

— Elle a bien fait, a répondu suavement la dame, derrière le desk.

— Lucie... Elle a dû passer au mois de mai... fin mai, plus exactement... Une grande femme brune... avec des cheveux coupés comme ça.

Je lui ai fait, en souriant, le geste de la frange coupée net au ras des yeux. La dame ne se départait pas de son sourire, mais n'avait pas du tout l'air de vouloir participer à la conversation et ne faisait pas mine de se jeter sur son cahier de bord.

— Avec son mari... Un grand type blond, avec des cheveux très longs...

Là aussi, gestes à l'appui.

La dame souriait.

— C'est très possible, monsieur. Je n'ai pas eu le plaisir de la connaître. Je prends le service début septembre...

— Ah oui, bien sûr...

— Bon séjour, monsieur. Voilà votre clef.

C'était presque le moment de dîner, mais j'ai attendu un peu dans ma chambre, malgré la faim qui me tenaillait.

J'ai relu des extraits d'*In Vino Veritas* pour passer le temps. Les mots couraient devant mes yeux, perdant toute signification. *"Il y a un temps pour se taire et un temps pour parler, à présent il me semble que c'est le temps de parler bref..."* notait Kierkegaard. Je me sentais lourd, éteint, et, en même temps, je réintégrais une sorte de patience, je me reconstruisais une possibilité de temps personnel, des secondes qui coulaient plus lentement, une succession de minutes dérisoires.

Je me suis lavé (je me suis même pris à inspecter la plomberie), dans la salle dc bains donnant sur la chambre décorée à l'ancienne, vieux meubles, vieux tableaux, j'ai donné mes vêtements à nettoyer, j'ai visité le petit frigobar, comme un enfant se payant tous les luxes, et puis j'ai pris le chemin de la salle à manger.

Si l'hôtel semblait, à peine une heure avant, presque désert, ce n'était plus le cas à l'heure des agapes nocturnes. Ou alors des clients de l'extérieur venaient juste y manger. Il y avait des gens de tous âges, beaucoup de jeunes, à ma grande surprise, et tout ce beau monde se conduisait bien, parlant à voix basse, tenant bien le couteau, hochant imperceptiblement la tête en réponse aux avis du sommelier, ne vociférant pas pour appeler les serveurs. Le bon goût.

Lucie s'était peut-être assise là, elle aussi un peu guindée devant la nappe blanche et le petit bouquet ikebana, choisissant sans doute du poisson, elle adorait le poisson, ce soir-là, il y avait du bar gros sel. Et le grand blond avec son âme noire avait dû choisir le pinard, le vin pardon, mais, en tant que Viking, il ne devait rien y connaître alors le sommelier lui avait refilé du chablis à 200 balles la bouteille.

Tout le monde avait, même avant de manger, l'air repu. De fatigue, de soleil surtout. Je ne comptais plus les trognes rougies.

J'ai mangé sans lever pratiquement la tête de mon assiette. C'était très bon. Mais je n'avais plus de goût, comme si toutes les saveurs se ressemblaient, terre plus métal.

Ensuite j'ai zoné un peu autour de la piscine, la tasse de café à la main.

Et puis j'ai été me coucher. Comme d'habitude, j'ai peu dormi. J'ai eu un peu froid, la climatisation sans doute.

Toute la nuit, plongé dans le sombre, j'ai essayé d'y voir clair.

19

Léonard s'est levé tôt.

Dehors, il faisait déjà chaud, alors que le soleil passait à peine au-dessus de la garrigue de Valliguières.

Il avait encore un jour à passer là, dans le luxe et la volupté, et puis après, le néant.

Il a décidé de se perdre, de se laisser guider par le hasard, après tout, pour l'instant, celui-ci avait accéléré les choses, et de passer la journée en pleine nature, pour sentir, ressentir, tenter de deviner.

Il est parti à pied, descendant du village par une minuscule petite route passant entre de hauts rochers et des oliviers.

Et puis après, il a arpenté des routes plus larges, le long des vignes, les vendanges semblaient se terminer. Il a parlé à quelques vignerons, le temps, tout ça, est-ce que cette année sera une bonne année pour le vin, et les problèmes de la région, et le manque de main-d'œuvre... Des gens agréables, au contact facile, un peu bourrus, mais avec cet accent qui patine en doré tous les malheurs et les mauvaises pensées. Rien n'allait bien, pour eux, mais ils prenaient encore le temps d'en rigoler.

Léonard est évidemment repassé par le pont du Gard, trois kilomètres à peine de Castillon, interrogeant mentalement le grand monument. Mais, dans sa majesté hautaine, le tas de pierres est resté muet. Léonard a écouté distraitement un guide qui était en train d'abreuver d'Histoire un groupe de vieux touristes, et, assis sur le parapet, Léonard a entendu l'histoire du lièvre du Pont, sculpté plus haut sur une arche, un symbole phallique que les Romains mettaient sur leurs monuments pour lui donner chance, ça c'était la version archéo, et la version populaire, une histoire de Diable, Lucifer ayant aidé le tailleur de pierre à finir son ouvrage en échange de la première âme qui passerait le pont enfin terminé. Et le tailleur, conseillé par sa femme, avait lâché un lièvre, que le Diable, furieux, avait pris et jeté contre la pierre, l'incrustant là à jamais.

Il est repassé par Remoulins, visitant deux petites agences immobilières, demandant si l'on connaissait ce bon ami à lui, un grand type blond, allemand, qui voulait s'acheter une maison dans le coin et qu'il avait perdu de vue. Il n'insista pas beaucoup, son histoire ne tenait pas bien debout, dès qu'on lui demandait son nom, il ne se souvenait pas bien, Hermann quelque chose, mais vous savez, un grand type, il était là en mai, avec une queue de cheval...

Il n'eut, bien sûr, aucun résultat, mais il était content d'avoir tenté. Au bureau de poste, même manège, il a demandé si un grand Saxon n'avait pas une boîte postale, on l'a vraiment regardé de travers, il a pensé un instant vouloir rencontrer un préposé, un facteur, mais on l'aurait questionné, on lui aurait demandé pourquoi, et il aurait dû vite abandonner en achetant un carnet de timbres.

Léonard est repassé devant la gendarmerie en hésitant à monter et à donner le signalement de l'amant de sa femme, mais, là non plus, il ne l'a pas fait, soupesant à l'avance le regard fatigué du pandore ne voulant pas entrer dans des histoires de coucherie et de mari trompé. Léonard n'avait rien sous la main de suffisamment déplorable pour intéresser la Loi.

Du coup, il avait fait une vingtaine de kilomètres à pied et était revenu à l'hôtel de Castillon, fourbu, en nage, vaguement déçu, s'agonissant d'injures de ne pas avoir pris ce putain de train, à Nîmes. Il est resté longtemps sous la douche, au moins un mètre cube, et s'est reposé en rêvassant sur le couvre-lit brun de la chambre. Il a attendu l'heure du dernier repas en ces lieux inutiles.

La salle à manger était la copie conforme de la veille. Et s'il n'y avait peut-être pas les mêmes gens, ils se comportaient de la même façon, créaient le même volume sonore, jouaient au trait d'union.

J'étais à la même table, à la même place.

Dans le même état. Le temps s'arrêtait.

Je me suis mis à manger en lisant un peu de Kierkegaard. Un peu de philo sur le feuilleté tiède à la brandade.

Il y avait un type qui me regardait, depuis un

petit moment. Seul à sa table, lui aussi. Un gros homme, en chemise blanche, le crâne dégarni, le front comme un miroir doré, de petites lunettes scintillantes. Je ne me souvenais plus si je l'avais vu la veille au soir, mais nous étions les seuls clients solitaires.

Comme, moi aussi, je l'observais, il a levé son verre à mon adresse, je lui ai rendu son geste et il a appelé le serveur d'un geste un peu plus ample que la moyenne ergonomique permise dans ce genre d'établissement.

Le serveur a glissé vers ma table me demandant si j'acceptais l'invitation, celle du monsieur là-bas, qui consistait à boire une coupe de champagne avec lui. Ça devait être quelque chose qui se faisait communément dans ce monde-là. J'ai accepté d'un signe de tête et je suis allé le rejoindre.

— Excusez-moi, il a dit tout de suite, mais j'ai beaucoup de mal à déplacer mon immense carcasse.

Le sommelier m'a servi un verre de champagne.

— A la santé des célibataires ! il a dit en levant son verre.

— Et des veufs, j'ai ajouté.

Il ne s'est pas renfrogné, seul son regard s'est fait un peu aigu.

— Excusez ma brutalité. Un homme seul, à mes yeux, est souvent un célibataire. C'est mon cas.

— Ce n'est pas grave. Et puis... célibataire, je le suis aussi.

Il a souri, me regardant par-dessus ses petites lunettes d'acier.

— Je suis peut-être un peu cavalier, mais je m'ennuie tellement, je saute à pieds joints sur tous les moyens de parler à quelqu'un. Et comme je ne pratique ni l'anglais, ni l'allemand, ni le hollandais, ici, il ne reste plus grand monde pour discuter le coup...

J'ai feint de déguster le champagne avec délectation. En fermant à moitié les yeux et en buvant extrêmement lentement. En fait, je réfléchissais à toute vitesse. J'avais un interlocuteur improvisé, qui pourrait peut-être m'apprendre des choses qui me serviraient, quel membre du personnel je pouvais décemment interroger, ou des trucs comme ça.

— En vacances ? j'ai demandé.

— Non. Je travaille. Ici, pour moi, c'est le bureau. Ça vous étonne ?

— Vous savez, plus rien ne m'étonne beaucoup...

Il m'a regardé, un petit sourire au coin des lèvres.

— Vous êtes physionomiste ?

— Je ne crois pas, j'ai répondu.

— Moi oui. Au premier sens du terme...

Il prit l'air du monsieur qui allait beaucoup s'amuser.

— De vous, par exemple, je pourrais dire que vous avez des ennuis assez graves, l'épiderme tendu, la vitesse du regard, des plis autour de la bouche, la pommette qui se relève un peu... Je dirais aussi... que vous êtes, comment dire... épuisé, en quelque sorte, la couleur générale de la peau, et la gestuelle aussi... Excusez-moi encore, mais je vous observe depuis le début du repas... Et ce ne sont pas des ennuis d'argent...

— Vu l'endroit où nous nous trouvons...

Il a rigolé.

— Exact. Donc ce sont des ennuis de cœur. Or, vous venez de me dire que vous êtes veuf. Deux solutions : ou bien vous venez de rencontrer quelqu'un qui vous fait déjà souffrir, ou bien vous souffrez toujours de la perte de l'être aimé.

— Je pourrais aussi être là pour l'enterrement d'un parent...

— Vous ne seriez pas là. Vous pleureriez plus anonymement... Dans une chambre d'hôtel moins... voyante.

Ce poussah psychologue ne m'énervait pas. Il n'y avait pas de condescendance, ni d'apitoiement dans le ton de sa voix. Le vrai détective, c'était lui, c'était incroyable avec quelle facilité il se mettait à me tirer les vers du nez. Ça me changeait, ça me donnait l'idée de jouer, moi aussi.

— Ça pourrait être une détresse d'ordre métaphysique.

— J'y ai pensé. Mais, dans ce cas-là, vous ne liriez pas Kierkegaard.

Il avait même repéré le titre de mon bouquin, sur la table.

— Quand on est désespéré, on pense, on ne lit pas.

— Santé ! j'ai dit en levant mon verre.

— Santé ! il a répondu. Et puis la politesse du physionomiste, c'est de n'être pas de reste. Donnant donnant... Alors je dois vous avouer que je suis moi-même à bout, coincé dans ce palace. Mon éditeur me bloque ici jusqu'à ce que je lui file ce satané bouquin. Je lui dois six cents pages.

— Et vous en avez combien ?

— Cinq cents, environ... Un grand roman historique qui se passe dans la région.

— Le pont du Gard, les Romains ? j'ai presque crié.

— Non, non. Les Templiers, les papes, Uzès. Deux siècles, en gros, quatre générations. C'est pour ça qu'il m'a ordonné de me poser là. Beaucoup de petits villages du coin, Meynes, Sernhac... ont été construits par les Templiers. Fournès, même, juste derrière l'autoroute, on raconte qu'elle a été construite par Charles Martel, après une bagarre avec les Sarrasins... Je n'en sortirai que le livre terminé... Ou les pieds devant.

Il a rigolé. Le rire d'une petite souris dans le corps d'un pachyderme.

— Ça lui coûte bonbon, remarquez... Champagne à volonté. Mais je ne le plains pas, il fera ce qu'il faut pour en vendre beaucoup et se faire, comme on dit, des couilles en or.

Il a soupiré en remplissant à nouveau nos verres.

— C'est vrai que vous êtes comme un coq en pâte, ici... j'ai dit en montrant, à travers la grande baie vitrée, la piscine qui venait de s'allumer dans la nuit bleutée, carré turquoise sur fond de nuit bleu de Prusse.

— Ah... vous voulez que je vous dise ? Ce n'est pas que je m'emmerde, mais je me fais chier. J'ai fait l'ouverture de ce rade, ça commence à bien faire...

J'ai senti tous mes nerfs griffer ma peau, en dessous, une immense décharge électrique.

— Vous... Vous étiez là au mois de mai ?

— L'hôtel a ouvert en avril. Le 20. Le 21, j'écrivais ma première page. Et ma première phrase. J'en suis assez fier. C'est bien la seule d'ailleurs : *"Il sortit de la marquise à cinq heures."* Vous voyez le genre...

Je n'ai pas hésité, j'ai fouillé dans ma poche intérieure et j'ai sorti les deux photos de Lucie que j'avais. Je les ai posées devant son nez, sans dire un seul mot. Il a rehaussé ses lunettes, a pris les photos dans ses mains grassouillettes et les a étudiées patiemment.

Rien ne passait sur son visage.

Puis il a posé les photos devant moi.

— Fin mai, à peu près. Elle est restée là une semaine, plus même, je ne peux pas dire avec exactitude.

J'attendais la suite.

Il m'a regardé.

— Donnant donnant, il a dit. Racontez-moi, et je vous dirai peut-être d'autres choses.

Vu la mémoire du type, je n'avais pas à hésiter. Je lui ai, à toute vitesse, fait une chronologie des événements, sans rien omettre, juste une petite impasse sur le grand blond, en disant simplement qu'il y avait un autre homme avec elle. Il m'a écouté, aucune parcelle de son visage ne bougeait, il était comme une statue en pierre jaune de Vers, et puis il a commandé une autre bouteille de champagne.

— Votre femme était effectivement avec un homme. Un grand type, très beau, il aurait pu jouer le Christ dans un mauvais film amerlo, avec de longs cheveux, et souvent un catogan. Étranger, sans doute, hollandais, peut-être l'accent... Mais parlant parfaitement français. Très joyeux, conviviaux, même.

Il m'a regardé du coin de l'œil, assez perplexe.

— Je peux y aller ? il m'a demandé. Vous êtes d'attaque pour entendre certaines choses ?

— L'homéopathie est de rigueur.

— Bon. Amants forcenés. Ne se cachant pas. Des heureux charnels, je dirais... Tendance à l'exhibitionnisme. S'ils sont partis de l'hôtel, c'est un peu à cause de ça. Ils ont fait l'amour, un soir tard, là, au bord de la piscine. Des clients sont arrivés à ce moment-là. La direction leur a demandé de s'en aller.

J'ai mis un long moment à retrouver mon calme intérieur. J'étais cisaillé par diverses images, celles qu'il avait évoquées, mais aussi tout ce côté de Lucie que je ne connaissais pas, ce manque de retenue, cette volonté de s'offrir au monde, ce n'était pas la Lucie que je connaissais, que j'avais vu vivre, jour après jour. J'avais à nouveau de la peine, l'angoisse de la comparaison me détruisait encore plus, j'étais abasourdi.

— Ça va ? Vous êtes tout blanc...

Pour toute réponse j'ai bu mon verre d'un trait et je m'en suis versé un autre que j'ai avalé tout aussi immédiatement.

— Saine réaction, a dit l'écrivain.

— Ils étaient dans quelle chambre ?

— Vous savez... ils ont fait le ménage, depuis...

— C'est uniquement pour interroger une femme de chambre, ou quelqu'un comme ça. Avoir des indices supplémentaires...

— Et vous en feriez quoi de ces indices ?

— Je veux savoir pourquoi Lucie s'est suicidée.

Il a réfléchi un instant.

— Sûrement pas par amour, il a repris, là, vous avez raison. Je peux me renseigner. On ne se méfie plus de moi, ici, maintenant, je fais partie des meubles, je dois être comme une sorte d'armoire normande.

— Je vous remercie, c'est très important pour moi.

Il n'a pas répondu et s'est remis à boire. Moi, j'étais prostré, je ne pouvais pas m'enlever de la tête ces images de piscine, et j'ai repensé à Laurence Lansade, décidément, la pauvreté et la rémanence des motifs me sidéraient, et je pensais à Clara qui avait bien senti la force et la démence amoureuses qui se dégageaient du couple, au point de tourneboulerer sa pauvre tête de jeune femme esseulée et rêveuse.

— Un soir, ils ont dîné juste là, à côté...

Il me montrait une table où un couple mûr de touristes se démenait avec des homards.

— Ils ne venaient pas là à tous les repas. Mais, ce soir-là, votre femme était de dos. Elle avait une sorte de débardeur violet, ou rouge foncé, je ne sais plus...

Violet, j'ai pensé. Acheté l'année dernière à Biarritz.

— Un très beau dos. J'avoue que je le regardais. Ça passait le temps. Et, dans mon livre, il doit y avoir des scènes érotiques. Et, ici, pour l'inspiration... Eh bien il y avait des marques brunes, qui dépassaient un peu, sous les omoplates. Des traces de coups, des zébrures, je ne sais pas.

Là, je n'en pouvais plus, je savais que ce ne pouvait pas être ça, mais imaginer Lucie tombant dans un quelconque plan sadomaso, par amour en plus, me dépassait. Ce ne pouvait pas être elle. Quelqu'un d'autre qui lui ressemblait. Ou bien le gros type me menait en bateau. Il faisait du roman, il testait son prochain chapitre, je ne sais pas moi, il se foutait de moi.

— Vous êtes sûr de tout ce que vous venez de me dire ? j'ai réussi à balbutier.

— C'est trop ringard pour être inventé.

— Ce n'est plus de la physionomie, dans votre cas, c'est presque du voyeurisme...

J'avais envie d'être méchant, comme pour lui faire payer d'en savoir plus que moi et surtout d'avoir dans la tête des images de Lucie que je n'aurai jamais.

— Bien forcé. Et malgré moi. Et puis, ce mois de mai semblait tourner les têtes. Dans la région, il s'est passé des trucs pas vraiment ordinaires. Ça poussait des gens comme moi à être en éveil, à respirer ce qui, dans le vent, pouvait sentir la folie, le drame. Ça me servait, pour mon livre. On a attaqué des trains, il y a eu des assassinats sur la nationale, pas loin d'ici, des accidents, des suicides, un type s'est jeté du pont du Gard, il a fait une belle fleur rouge sur la route, en dessous, bref... Le mistral soufflait. Les gens, ici, ça les rend fous... Et la folie, la région en a peur, depuis l'histoire du boulanger de Pont-Saint-Esprit qui avait fait du pain de seigle avec du grain germé, il ne pouvait pas savoir que l'ergot de seigle, c'est à partir de ça qu'on obtient le LSD, et les consommateurs ont cru qu'ils devenaient barjos, et se sont entre-tués...

Moi, bizarrement, je pensais que LSD, pour les Beatles, ça voulait dire *Lucy in the Sky with Diamonds*. Lucie au ciel avec des diamants. Au ciel, elle y était. Quant aux diamants...

— Qu'est-ce que vous lui feriez au grand blond, si vous le rencontriez? Il m'a souri, un peu mielleux.

— Je ne sais pas... Maintenant, là, ici, je le tuerais.

— Saine réaction, il a rigolé.

— Pourquoi vous me demandez ça?

— Parce que je l'ai vu, il y a une semaine, à peu près, au supermarché Champion. A côté de Remoulins.

20

Léonard a mal dormi. Le champagne, bien sûr. Et la plus grande précision de son imagerie intime. Et le questionnement incessant sur le lendemain. Il avait réussi à sortir Walther, "l'écrivain", des brumes de l'alcool, pour lui faire préciser le jour exact où il avait reconnu le grand blond, au magasin, le jeudi d'avant, et avait décidé de passer toute la journée, on était jeudi, au Super Champion de Remoulins. Il lui avait aussi emprunté sa voiture, une vieille R5, dans laquelle il était assis, portière ouverte, matant tous ceux qui entraient et sortaient du supermarché.

Il était dix heures du matin, il faisait déjà chaud, mais Léonard sentait que le temps changeait. Le vent du sud, plus moite, moins violent que le mistral, des courants d'air plus mous et insidieux, une vague odeur de moisi.

Léonard se trouvait idiot et dérisoire. Passer toute une journée sur un parking de supermarché... Tout ça pour tenter de repérer un hypothétique et ancien amant de sa femme. Et même s'il l'apercevait, qu'est-ce qu'il ferait ? Comment s'adresserait-il à lui ? Comment se ferait le contact ? Bonjour, je suis le mari, le marri, plutôt, qu'est-ce que vous lui avez fait, à Lucie, pour qu'elle se suicide ? Vous lui avez filé le sida ? Vous lui avez promis quoi ? La lune en plein soleil ? Les Tropiques en hiver ? Toutes ces conneries ?

Ça ne tenait pas debout. De l'ordre de l'improbable.

Mais Léonard se devait de ne rien négliger. Tenter tout. La piste se précisait petit à petit. Il était effrayé de se rendre compte qu'en venant ici il ne savait rien et qu'en quelques jours il avait quand même appris énormément de choses, sa femme s'était amourachée d'un bel hidalgo à catogan, il n'y avait pas de quoi en faire ni un roman ni une enquête.

Et Léonard regardait la valse des caddies, faut mettre dix balles pour avoir le droit de transporter et d'entasser la denrée nourricière, et les pépés qui viennent à vélo, et les mémés, lentement, fatiguées, à pied, tous ceux qui repartent avec les provisions pour la semaine et ceux qui viennent chercher le pain et le journal. Les gosses, quelquefois, hurlant, à la sortie, parce qu'ils n'ont pas eu le jouet ou le chewing-gum promis. Les touristes, harassés et chevelus, ceux qui laissent le sac à dos dehors, ceux qui prennent de quoi tenir jusqu'à la frontière.

Il y avait un petit édicule, à côté de l'entrée, proposant hot dogs et pizzas, bière et gâteaux, avec quelques chaises posées sur l'asphalte, au ras des bagnoles. Léonard y fit de nombreux aller-retour, s'empiffrant de sandwiches, décapsulant un grand nombre de boîtes de bière, discutant un peu avec le tenancier, découvrant cette nouvelle ligne de partage des eaux qui se situait vers Collias, au sud, ceux qui venaient ici, au nord, ceux plutôt attirés par l'énorme Continent d'Uzès. Question de kilométrage. Un vieux type, que Léonard aida à attacher ses commissions sur le porte-bagages d'un clou antédiluvien, lui parla même de l'ancien temps, il y avait des mûriers pour le ver à soie, partout avant, avant la vigne et les cerisiers. Et que le ver, maintenant, était dans le fruit, la preuve, ils se mettaient même à arracher les arbres fruitiers et qu'un jour, lui serait peut-être mort, et tant mieux, ils arracheraient les asperges pour mettre quelque chose de plus moderne, un truc chinois, par exemple...

Jouxtant le Champion, un centre commercial, tapi à côté d'une tour du télégraphe Chappe, étalait sa vacuité, seules quelques boutiques emplissaient les arcades évasées en plein vent.

Toutes ces heures d'attente ne calmaient pas Léonard, bien au contraire. Il bouillait sur place. Voulait être ailleurs, battre la campagne, chercher partout, visiter les maisons, les villages, questionner, demander, trouver. Et pourtant, il se trouvait coincé là, à faire du surplace, à supposer que l'amant magnifique fasse ses courses le jeudi, comme si le diable sur terre eût pu avoir des habitudes aussi ridicules...

Il craqua vers seize heures. Reprit la R5, et zona à faible allure par petites routes et chemins à peine carrossables, dévisageant tous ceux qu'il croisait, qu'il doublait parfois, repassant sans cesse au ralenti par la grande rue de Remoulins, détaillant les terrasses des cafés, s'arrêtant à la maison de la presse, revenant au supermarché, repartant, profil bas, mal au ventre, l'âme aussi glauque que cette sous-jacente envie de vomir qu'il éprouvait depuis la mi-journée.

Il revint à l'hôtel, et se décida à garder sa chambre deux jours de plus. Ça commençait à faire une belle ponction sur son budget, mais il ne se voyait pas regagner la solitude d'une autre chambre, alors que là, avec Walther, il pourrait, du moins, faire en sorte que les soirées soient plus courtes.

Pendant son absence, l'écrivain avait fait sa petite enquête. Ça semblait l'amuser beaucoup et, quand je fis mine de le remercier, il me fit comprendre, en rigolant méchamment, que mon histoire était nulle, sans aucun espoir narratif, mais que ça le changeait des grandes destinées historiques et du baston en cotte de mailles.

En tout cas, il avait réussi à retrouver, sur le cahier des réservations, la trace de Lucie et du Diable. J'avais décidé de l'appeler comme ça, comme au pont du Gard, en fait il avait projeté lui aussi mon âme sur la pierre, et depuis je courais comme un lièvre... Une bêtise, une métaphore idiote de plus, mais j'avais besoin de me dire que tout tournait toujours autour de ça, du pont, puisque tout avait démarré là, la carte postale, la visite de Lucie peut-être.

Elle avait encore donné ce pseudo ridicule de Lucie Lammermoor, Walther a bien rigolé, et le type avait rempli lui aussi une fiche au nom de

Johannes Constantin. Je fus tout de suite mal à l'aise, car je reconnus là une allusion au livre de Kierkegaard que j'avais récupéré, *In Vino Veritas*, Constantin étant le maître de cérémonie du banquet décrit par le philosophe et Johannes séducteur. J'étais furieux que Lucie et son diable aient pu s'amuser de moi, à travers le temps, s'amuser à prendre des noms tirés d'un livre que j'aimais, que j'avais fait découvrir à Lucie, comme s'ils avaient eu l'intention de me faire participer à leurs saletés, ou bien de se moquer, de me prendre pour objet de dérision, de m'évoquer sur une ridicule fiche d'hôtel.

J'étais surtout abattu de découvrir une Lucie capable de rire, de déconner, alors que je me forçais toujours à imaginer une Lucie vaguement fautive, se cachant, profil bas, développant de la culpabilité, ne jouant pas.

Et tout à coup, je la percevais comme... radieuse. Encore. Laurence Lansade avait bien insisté. Radieuse. Merde.

C'est Walther, son mauvais sourire sur les lèvres, qui me ramena au monde.

— Ils ont payé en espèces. Pas de chèque, ni de carte bancaire. Pas de trace, comme ça... Lucie de Lammermoor, il a rigolé, ensuite. Vous savez ce que ça raconte, *Lucie de Lammermoor* ?

— J'ai oublié.

— Eh bien, c'est l'histoire d'une gonzesse qui aime un homme, Edgar je crois, si je me souviens bien, et son frère l'oblige à en épouser un autre, alors elle devient folle et poignarde son époux pendant la nuit de noces... Je crois même que c'est tiré d'un livre de Walter Scott. Walter, comme moi. Marrant, non ?

— Je rigole. Ça se voit pas ?

— Détendez-vous Léonard... Au moins avec moi. Je ne suis pas tenu de vous seconder dans votre trip Sherlock.

— Pardonnez-moi... Je suis à bout. Et ça commence à ressembler à du Fantômas.

— Je dirais du Delly... En plus corsé.

Il a rigolé, un peu trop volontariste.

Je n'ai pas relevé. J'ai eu envie de lui révéler le pourquoi du nom choisi par le diable, mais ça l'aurait fait fantasmer encore plus, et je passais déjà assez pour le dindon de la farce.

— J'ai le nom de la personne qui s'occupait de la chambre qu'ils occupaient...

Il a sorti de sa poche un petit papier. Il ménageait ses effets.

— Anne-Marie Lemarquet. Saint-Hilaire-d'Ozilhan. Je la connais. Pas le genre extrêmement bavard. Si vous vous y prenez bien, elle vous racontera peut-être des trucs. Mais méfiez-vous, Léonard, les femmes de chambre ont souvent une drôle de façon d'interpréter l'état des lits qu'elles refont, des salles de bains qu'elles nettoient, des affaires qu'elles rangent. Moi, je laisse toujours les lieux à peu près dans l'état où je les ai trouvés en entrant. On se goure facilement sur l'intime. C'est une donnée à géométrie variable...

Je pensais à tout ce qu'il disait, mais sans réussir à me faire une idée de quoi que ce soit.

— Elle travaille le matin et le début d'après-midi. Elle est peut-être chez elle, en ce moment.

C'est à trois quatre kilomètres... Vous serez revenu pour le dîner.

— Vous me prêtez votre voiture ?

— A une condition... Vous me racontez.

— Jouissance par procuration ?

Il a éclaté de rire.

— J'en ai marre d'écrire des histoires de chevaliers, avec leurs gentes dames et tous les paysans dont ils piétinent sauvagement les terres. J'écrirais bien un petit roman avec des bagnoles, une histoire d'amour et de mort. Du romantisme moderne...

— Parce que vous trouvez que ce que je vis, c'est romantique ?

— Bien sûr !

— Ou vous plaisantez ou vous êtes un beau salaud.

— Léonard, vous n'avez pas le choix. Vous devez vous forcer à prendre ça comme ça, sinon vous allez en crever.

J'ai respiré profondément.

— Ce soir, je vous raconterai une histoire... qui me concerne... Vous verrez... il m'a dit, l'air subitement rêveur.

J'ai pris ses clefs de voiture et je suis sorti de l'hôtel. Ce gros con qu'on enfermait dans un palace pour qu'il puisse écrire ses conneries du Moyen Âge ne pouvait pas comprendre. Ma vie comme un roman. De gare, oui. Avec la femme à poil sur la couverture.

21

J'ai traversé la RN 86, un long ruban de camions frémissant, j'ai longé, après des champs où se prélassaient des chevaux blancs, une grosse coopérative agricole et je suis arrivé au village de Saint-Hilaire, tout doré par le soleil déclinant, comme passé au terre de Sienne clair. On percevait assez bien la trace de l'ancienne petite ville fortifiée, mais c'était de grosses maisons bourgeoises, reprenant, pour certaines, la structure quasi médiévale des bâtisses précédentes, voire des remparts. Les rues semblaient désertes à part trois personnes qui jouaient aux boules près d'un petit café et deux enfants qui faisaient du vélo.

Il se dégageait du village non point cette atmosphère particulière des lieux en panne, désertés, la mort lente des petits bourgs de province, cette odeur inexorable de la retraite, mais plutôt un parfum de calme, de douceur villageoise, tout ce côté du Bellay de notre enfance, les bruits qui résonnent dans le soir, les gens assis sur le pas de la porte, la gentillesse des chiens errants.

Le diable blond habitait peut-être là, était tellement connu de tous qu'il faisait partie des murs aussi blonds que lui, avait peut-être femme et enfants, et c'était pour ça qu'il avait dû aller à l'hôtel avec ma femme, cacher sa turpitude, ou sa normalité, comme tous ces mauvais rencards de cinq à sept qui font vivre la France aubergiste dans les arrière-saisons.

Anne-Marie Lemarquet habitait dans la presque rue principale, pas loin de l'église.

Avant d'aller frapper à sa porte, je me suis promené à pied dans Saint-Hilaire, me persuadant que c'était pour mieux sentir le parfum des vieilles pierres, pour mieux goûter au miel du prochain crépuscule, mais, en fait, avec le secret espoir de voir, au coin d'une rue, un grand type blond laver sa bagnole ou promener son clebs, je l'imaginais mal repeignant ses volets ou rempaillant une chaise. Pour me calmer aussi. Et surtout pour retarder le moment où j'apprendrais des détails qui me feraient du mal. Encore plus de mal.

Devant la porte, sur une chaise, il y avait une mémé, ridéc comme une vieille pomme, l'idée tout à fait probable de la centenaire qui me regardait arriver sans bouger, ses mains plongées dans un tablier qui avait dû être noir et dont ne restait qu'un gris tout aussi hors d'âge. C'est quand je fus près d'elle que je m'aperçus que ses yeux étaient aussi délavés que la toile de ses habits et qu'elle devait ne plus voir grand-chose. Elle a tourné la tête au moment où j'ai frappé sur le montant de la porte d'entrée grande ouverte et a prononcé, d'une voix éraillée, des mots que je n'ai pas compris.

— Oui ? a dit une voix claire, à l'intérieur.

Ça sentait la soupe de légumes. La vieille a éraillé à nouveau quelques mots. Une jeune femme est apparue sur le seuil, brune, les cheveux en bandeau, des mèches tombaient sur les joues, les yeux un peu cernés, une maigreur qui pouvait être de la sécheresse. Trente, trente-cinq ans.

— Anne-Marie Lemarquet ?

— Oui, c'est moi.

— Est-ce que je pourrais vous parler cinq minutes ?

— Je n'ai besoin de rien, je vous remercie.

— Vous trouvez que j'ai la tête de quelqu'un qui vient vous vendre quelque chose ? Une assurance, des bouquins ou...

— Vous savez, la tête des gens ! elle m'a coupé.

Elle m'a détaillé, cherchant ce que je pouvais faire devant sa porte à l'heure de la soupe, cherchant des yeux mon cartable bourré de prospectus ou ma bagnole pleine de Tupperware.

— Je suis un client de l'hôtel de Castillon...

Elle m'a regardé à nouveau, cherchant les stigmates. Je ne devais pas ressembler au client habituel, la Mercedes n'était pas en vue, je n'avais ni gourmette en or ni foulard de soie dans l'échancrure du col. Et j'ai sorti de ma poche une des photos de Lucie.

Elle l'a regardée sans expression, à peine une blancheur sur le bas des joues.

Elle m'a rendu la photo et a pris la vieille dame sous le bras, l'aidant à entrer dans la maison.

— Vous permettez ? elle a juste dit.

Je n'osais faire aucun geste, rester, entrer, partir, je n'osais pas parler, c'est tout juste si je me permettais d'attendre. J'ai entendu des mots, de ce même sabir dont se servait la vieille, et des bruits de cuiller ou de louche frappant contre une assiette. Et puis Anne-Marie est revenue, se frottant les mains dans son tablier.

— Qui c'est qui vous envoie ?

— La direction de l'hôtel, j'ai menti, mais tant pis, fallait faire quelque chose pour la décoincer, même dans le mauvais sens.

Le matin, devant le supermarché, le vendeur de pizzas m'avait parlé longuement du manque de boulot dans le coin, les femmes surtout, une seule usine, des emballages de plastique, et le boulot de bonniche, pendant la saison, sinon, le ramassage des cerises, les vendanges...

— Vous êtes flic ?

— Non, pas du tout, tranquillisez-vous, ma démarche est totalement privée... La photo, là, c'est une amie. Lucie. Elle est morte, un accident. On essaie de retrouver le fil de ses derniers jours, elle est passée, au mois de mai, dans votre hôtel avec son ami, on ne sait pas qui c'est, on aimerait bien le retrouver, lui aussi, il doit encore avoir des affaires à elle, des photos, des souvenirs... C'est important pour nous...

Tendue comme un arc, elle m'a scruté comme si elle ne croyait absolument pas à tout ce que je lui racontais.

— Quel genre d'accident ?

Sa voix était pleine d'émotion, curieusement au bord des pleurs, ce qui ne cadrait pas avec son visage, ses expressions, qui restaient durs, quasiment figés.

— De voiture, tout bêtement, il y a deux mois.

Elle a soupiré, baissant enfin son regard.

— Vous voulez boire quelque chose ?

Victoire ! j'ai crié intérieurement.

— Volontiers, mais je ne veux pas vous déranger.

— Vous permettez ? elle a dit, disparaissant à nouveau dans le couloir.

Elle a réapparu avec deux verres et une bouteille de vin, m'a montré l'étiquette avec défi, j'ai repéré un bordeaux 76.

— Piqué sur mon lieu de travail, elle a craché avec arrogance.

— Il n'en sera que meilleur.

Elle m'a servi, puis a empli son verre, qu'elle a bu d'un trait pour se resservir.

— Je ne vous fais pas entrer, c'est l'heure de la soupe de mémé, c'est sacré. Et puis elle fait tellement de bruit qu'on ne s'entendrait pas.

— Comme vous voudrez, j'ai marmonné un peu idiot, un peu étonné de la qualité d'humour méchant que maniait cette jeune personne.

— Par quoi on commence ?

— Je ne sais pas, j'ai répondu, sentant qu'il fallait que je ne m'abandonne pas, que je fasse très attention, que je la joue fine.

Je me suis lancé, un peu à l'aveuglette.

— Je ne vais pas faire un portrait de Lucie, vous devez vous en souvenir, elle était très, comment dire... exubérante !

— Ça !

— Elle filait un parfait amour avec son copain, on ne sait pas trop qui c'était, mais on en avait sacrément entendu parler.

— C'était pas de l'amour, c'était de la rage.

— Ah...

— Mais ça n'a aucune importance. Qu'est-ce que vous voulez savoir alors ?

— Je sais pas, moi... J'ai appris qu'ils s'étaient fait plus ou moins virer de l'hôtel... Par exemple, vous ne savez pas où c'est qu'ils sont allés après ?

— Et comment je saurais ça, moi ?

— Oui... bien sûr... Je demandais, comme ça... Ils ne vous ont rien dit ? N'ont pas laissé de...

— De traces ?

Elle a soufflé, comme si elle voulait effacer un gros tas de poussière, un tas de cendres, des trucs volatils qui s'accrochaient à sa mémoire.

— Je faisais la chambre vers les midi, si je me souviens bien, ils ne décarraient jamais avant. Jamais un mot. Si. Elle m'a souri, une fois. Ils n'ont laissé aucun pourboire pour le personnel. Pourtant, les deux derniers jours, ils ont foutu un chantier pas croyable. Un vrai bordel, si je peux me permettre. Des journaux partout, comme s'ils lisaient toute la presse possible et imaginable. Les feuilles froissées et déchirées comme s'ils s'étaient battus avec, comme s'ils avaient dormi dessus.

— Des journaux ?

— Oui, des journaux.

— Quoi, comme journaux ?

— Ben, des journaux ! Le *Midi-Libre...* Je ne sais pas, moi, des journaux !

Et qu'est-ce que j'allais en faire, moi, d'une pareille information ?

Elle a bu son verre d'un trait, en claquant la langue.

— Encore un que les Boches n'auront pas, comme dit la mémé.

— Justement son ami, il était allemand je crois.

— Allez savoir.

— Vous ne le connaissiez pas avant ? C'est pas quelqu'un qui habite dans le coin ?

— Aucune idée...

Elle m'a regardé, un peu penaude de sa mauvaise humeur.

— C'est la première fois que je le voyais, elle a rajouté d'une voix plus douce, comme pour s'excuser de sa brutalité.

— Bon, j'ai soupiré, baissant la tête et lui rendant son verre.

— Qu'est-ce que vous voulez que je vous dise ? Des clients un peu plus... un peu moins... Comment dire ? Le genre on s'en fout de ce que les autres pensent, oui, ça c'est sûr. Le genre à ne pas se cacher. Pas honteux, comme certains. Ils s'aimaient et s'arrangeaient pour que ça se remarque, et ça s'est tellement remarqué qu'ils ont dû calter. Mais, sinon... Comme les autres clients. Qui nous prennent pour des bonniches. Qui foutent le bordel dans les chambres parce qu'ils savent que quelqu'un passe après eux pour tout ranger, ils ne feraient pas ça chez eux.

Elle s'énervait toute seule, et je ne me voyais pas, en pleine rue, dans un village inconnu, me trouver face à la crise de nerfs d'une locale.

— Calmez-vous, j'ai dit. Je vous remercie.

— Ils font leurs saloperies partout et ce sont les autres qui nettoient, merde, et vous voulez que je me calme !

Je ne voulais surtout pas entendre autre chose, des détails, des précisions. Alors je me suis dépêché de sortir deux billets de ma poche.

— Tenez. De leur part. Avec retard, mais c'est de bon cœur.

— J'en veux pas de votre pognon.

— Bon, excusez-moi de vous avoir dérangée, j'ai dit à toute vitesse, faisant quelques pas en arrière. J'ai cru un instant qu'elle allait me poursuivre, me hurler après comme si j'étais un chien errant, mais un croassement est sorti des entrailles de la maison, la mémé devait vouloir un rab de soupe, alors elle est entrée à toute vitesse et moi j'en ai profité pour partir, sans me presser, vers la voiture. Des gens me regardaient, sur le seuil de la maison d'en face.

Rien. Les journaux. L'assurance de l'amour sauvage.

Tout ce côté torride que je n'avais jamais perçu chez Lucie.

J'avais à peine fait démarrer le moteur qu'Anne-Marie, un peu échevelée et haletante, tapait à la portière avant. J'ai baissé lentement la vitre.

— Vos deux cents balles, j'en veux pas. Je ne suis pas une mendiante. Mais je les prends si vous m'achetez quelque chose.

Le cœur battant, je lui ai ressorti les deux billets. Elle les a pris à toute vitesse et m'a donné une enveloppe qu'elle a sortie de sa poche.

— J'ai trouvé ça derrière la table de nuit. Ça avait dû glisser.

J'ai tâté l'enveloppe, il y avait un carré de carton, à l'intérieur.

J'ai démarré sans un mot.

J'ai roulé droit devant, la gorge obstruée par une boule de feu. La nuit était tombée. J'ai retraversé la RN 86, et je n'ai pas pu continuer. J'ai freiné, presque en catastrophe, sur une route déserte. La voiture a patiné sur le gravier du bas-côté. J'ai serré le frein à main. J'ai allumé le plafonnier, j'ai ouvert l'enveloppe. Il y avait une photo polaroïd, à l'intérieur.

Un corps de femme attaché sur un lit à peu près semblable à celui que j'occupais, à l'hôtel. On ne voyait pas son visage, mais la position scabreuse était insoutenable de vulgarité. Ça ne pouvait pas être Lucie, et pourtant sur les avant-bras repliés, il y avait la même frange brune, coupée à la Louise Brooks, et ses hanches ressemblaient à celles de Lucie, les mêmes angles, la même rondeur de l'os qui dépasse, et les pieds surtout, quasi squelettiques, les pieds de Lucie. Le reste pouvait bien appartenir à n'importe quelle femme humiliée.

Je me suis mis à pleurer. D'épuisement de l'âme.

22

Walther n'a pas insisté. En voyant la tête de Léonard, il s'est tu longtemps, ayant la délicatesse de le laisser parler le premier, rassuré quand même qu'il accepte de manger à sa table. Ils ont délaissé le champagne pour du rouge puissant, à la limite du sirupeux. De la liqueur de sang, a pensé Léonard.

Et puis, quand son estomac s'est dénoué, quand la première bouchée est passée, quand l'image sexuelle de Lucie s'est un peu estompée, comme si elle faisait partie d'un cauchemar délétère, et surtout délayable dans l'alcool, il a raconté à l'écrivain son entrevue avec Anne-Marie, sans mentionner le polaroïd.

— Des journaux, a dit Walther, pensif.

Et puis, en silence, ils ont regardé la piscine illuminée où une jeune fille nageait avec une grâce incomparable.

— Je peux penser tout haut ? le gros homme a demandé.

Léonard n'a rien répondu. La jeune fille s'était hissée avec une lenteur huileuse sur le bord marbré, elle s'ébrouait comme un jeune chiot et venait d'ôter le haut de son maillot de bain pour enfiler un peignoir blanc.

— Je ne vois pas trop à quoi pourraient servir des journaux dans une quelconque pratique érotique. C'est sale, un journal, l'encre tache. Ou bien alors, j'ai beaucoup encore à apprendre. Restons simples. Ils lisaient les journaux, tous les journaux parce qu'il y avait quelque chose qui les intéressait. Des gens qui s'aiment si furieusement, dans les romans, évacuent le monde, l'extérieur n'existe plus, ils se foutent des grèves et des guerres, du foot et de la corrida. Votre femme était une grande consommatrice de quotidiens ?

— Non. *Libé*, le matin. Et encore...

La jeune fille avait monté les marches vers le restaurant et était passée tout près d'eux, hautaine, sanglée de blanc neigeux. Léonard pensa alors, avec un drôle de goût dans la gorge, que, dans six mois, il serait encore capable d'évoquer cette ondine, d'en faire une description adéquate et précise, et peut-être d'imaginer.

— Faudrait peut-être chercher ce qu'il y avait dans les journaux, ces jours-là... Ils sont restés une semaine, j'ai noté, c'était du 20 au 27 mai. La bonniche a parlé des deux derniers jours, vous n'avez qu'à chercher vers le 25, 26, 27...

Léonard a regardé son interlocuteur qui semblait presque jouir de la situation, du mystère, du malheur de l'autre. L'écrivain a semblé comprendre la teneur des regards de Léonard car il a piqué un peu du nez.

— Excusez-moi, mais je m'emmerde tellement. Aujourd'hui, je me suis tapé la visite du pape du côté d'Aramon. A l'époque, ils avaient des villas de l'autre côté du Rhône, enfin des villas... des palais, qui leur servaient, comment dire, plutôt de garçonnières que de cabinets de prière. Mais ils étaient en Languedoc, et non en Avignon. J'ai réussi à torcher rien que dix pages sur la seule traversée du Rhône. Remarquez, ça devait être coton, à l'époque... Ambiance coche d'eau...

— Vous inventez ?

— Vous rigolez ou quoi ? J'ai au moins vingt kilos de documentation ! Nos lecteurs potentiels sont des fanas de l'Histoire, même s'ils préfèrent le petit bout de la lorgnette, ou le trou des cabinets, comme vous voudrez...

Il s'est tu un long moment, le temps de descendre la moitié d'une autre bouteille de gigondas.

La jeune fille était revenue dans la salle de restaurant, vêtue d'une robe moulante en coton noir, laissant ses épaules de nageuse luire sous les chauds plafonniers. J'espérais que cette tant belle fille puisse être remarquée de tout le monde, peut-être que déjà, dans les parages, dans la nuit, quelque part, un grand blond aux cheveux réunis dans un catogan pensait déjà à elle... Assise apparemment à la table de ses parents, un couple à cette tristesse un peu dégoûtée propre aux Anglo-Saxons de passage, la jeune fille jetait ses yeux violets partout autour d'elle. Je me suis mis à imaginer cette sublimité dans la pose qu'avait prise Lucie sur le polaroïd. Je n'y suis pas parvenu. C'était impossible. Comme si l'intime créait ses propres images, comme si le charnel avait une iconographie particulière, indicible, inimaginable, qui n'avait plus rien à faire avec la beauté.

— Je vous avais promis une histoire, a dit Walther.

— Allez-y toujours. Si elle m'ennuie, je vous le dirai.

— On va commander du cognac, comme ça vous resterez jusqu'à la fin du film.

Il s'est mis à l'aise, se renversant à moitié sur sa confortable chaise. Je commençais de bien l'aimer, cet homme. Il ne me ménageait pas et peut-être qu'il prenait mon histoire par le seul bout que quelqu'un d'extérieur puisse prendre, celui du comportement, de la fiction. Je le remerciais intimement de ne pas faire de la psychologie, ah, mon pauvre monsieur! vous devriez faire ci et ça... Il me considérait uniquement comme un personnage de roman. A l'eau de rose, peut-être, mais...

— Pour échapper au service militaire, à toutes ces adjudanteries, j'ai fait la coopération. Au Maroc. Dans le Sud. Ouarzazate et mourir. Deux ans de bons et loyaux services pédagogiques. Sans histoire. Comme une panne, exotique en diable, mais une panne quand même. Trois jours avant mon départ définitif, je me suis enfin laissé aller. Une Marocaine sublime, un teint de pain d'épice, des yeux d'or, des bijoux en argent partout sous la djellàba bleu nuit. J'ai fait l'amour, en tout et pour tout, trois fois avec elle. En secret, bien sûr, c'était le genre d'histoire à me retrouver empalé dans le désert. Et puis je suis rentré en France, et j'ai oublié. Pendant trente ans, j'ai oublié. L'année dernière, j'ai reçu un coup de téléphone. Une jeune femme journaliste voulait me rencontrer. Nous nous sommes vus dans un café, à Nantes. J'habite Nantes. Chez les petits beurres.

Un serveur est venu nous remplir deux gros verres ventrus de cognac. Walther s'est livré à tout ce cirque qui m'énerve immanquablement et qui consiste à fourrer son nez dans le verre, à le chauffer entre ses paumes d'un air satisfait, à mirer en contre-jour la couleur du breuvage, bref, cette espèce de *Lac des Cygnes* des œnologues. Mais je ne quittais pas des yeux la jeune fille, plus loin, qui dégustait, à petits gestes mesurés, une salade de fruits tièdes — A quoi, pensait-elle ? Quel monde imagé peuplait son délicieux crâne? Pourquoi haussait-elle, un frémissement plutôt, de temps en temps, ses épaules? Quel trouble? Ces épaules d'une pâleur nocturne, où justement il n'y avait pas, ou pas encore, j'ai pensé mal à l'aise, de traces suspectes, de zébrures, de marbrures de vie d'adulte.

— Une jeune femme très belle bien sûr. La journaliste typique, Sony en bandoulière. Les cheveux crépus. Zora, elle s'appelait. Mais quand j'ai vu ses yeux, je lui ai dit sans réfléchir: vous êtes ma fille. Ça ne pouvait être que ça. Elle a un peu paniqué, ne s'attendant pas à la fulgurance de cette intuition. Elle s'est expliquée: cela faisait plus d'un an qu'elle cherchait. Sa mère, Houria, ne se souvenait plus de mon nom, et Zora a fouillé dans tous les dossiers du ministère de la Coopération, a rencontré plein de types, jusqu'à moi. Et elle m'a confirmé que, là-bas, à Ouarzazate, tout ne s'était pas passé comme prévu. Sa mère s'était retrouvée enceinte, et la force incroyable de son amour pour moi avait non seulement tué le temps, mais étouffé toutes les emmerdes possibles. Elle avait dit, il m'aime, il reviendra, je vais élever sa fille le mieux possible pour qu'il soit fier de moi. Trente ans après, Houria m'attendait toujours...

La jeune fille, hautaine, avec ce manque d'expression qui pouvait être de la profonde bêtise, mais qui restait totalement fascinant, s'est levée et est sortie de la salle à manger, passant tout près de notre table. Je n'ai senti aucun parfum émanant d'elle. Un fantôme.

— Et Zora, ma fille, était devant moi. Un instant, j'ai eu la trouille de cette paternité violente et soudaine. Mais on a beaucoup parlé, on a fait un peu connaissance, en fait, elle me jaugeait, savait bien que je ne reviendrais jamais auprès de sa mère, que j'avais fabriqué une vie qui n'avait plus rien à voir avec mes vingt ans, qu'il était trop tard pour Houria, et que celle-ci ne reconnaîtrait pas le ventru presque chauve qu'elle avait passionnément aimé.

— C'est tout con, comme histoire. Des milliers d'hommes plus ou moins indélicats la vivent tous les jours.

— Si elle s'était arrêtée là, je serais d'accord avec vous. J'aurais eu le rôle du salaud ordinaire. Pas vraiment fautif, mais... après... la mauvaise conscience, tout ça. Beurk.

Il suait. Il a bu une grande lampée de cognac. Son visage changeait. Il était un peu moins volontaire, des rides avaient disparu comme par magie, il devenait presque lumineux. Merde, j'ai pensé, il ne va pas donner dans le radieux, lui aussi.

— Et Zora m'a dit ces paroles toutes simples: "Je suis venue pour te tuer ou baiser avec toi. Choisis. Pour moi, ça revient au même."

Je l'ai observé. Bien sûr qu'il n'avait pas à me raconter la suite, puisqu'il était là. Je l'ai détaillé pour savoir s'il inventait tout ça pour me distraire, ou pour me persuader que je n'étais pas le seul à vivre des aventures problématiques, qui me confirmaient que le sexe est la chose du monde la mieux partagée, qu'aucune expérience ne se ressemble, et que chacun a sa part de mystère, de beauté, de douleur, de bassesse. C'était à moi de finir son histoire.

— Et après, vous ne l'avez plus jamais revue. Le cercle était clos. Pourquoi vous m'avez raconté ça?

— Pour vous distraire, d'abord... C'est raté. Vous avez plus écouté les vibrations émanant de la gonzesse aux épaules de catcheuse... Mais surtout pour vous dire un truc qui me tarabuste un peu...

Apparemment, il hésitait. De sa part, c'était étonnant, c'était plutôt le genre à foncer, provoquer et ne pas mâcher ses mots.

— Allez-y, j'ai dit. Je crois avoir montré que je suis prêt à tout entendre. N'importe comment...

— Eh bien, mon boulot, c'est de chercher des histoires... D'en inventer, de réparer, dans celles que j'entends, ce qui pourra en faire une autre, disons plus romancée, plus apte à faire pleurer Margot et frissonner Mauricette... Dans votre cas, c'est de l'ordre d'une intuition, idiote, mais une intuition quand même. Votre binz, là... Votre histoire... Je sens un truc terrible. Je ne peux pas m'empêcher. Je ne sais absolument pas quoi, mais je le sens. J'ai du nez, généralement. Je peux me tromper, bien sûr.

— Vous voulez me faire peur ?

— Non. Je ne veux pas en perdre une miette.

— Ça... on verra.

23

Le lendemain, Léonard s'est levé tôt. Il avait planifié sa journée toute la nuit, préparé ses itinéraires et ses questions, comme s'il avait une journée de bureau démente à se coltiner. Mais c'était surtout pour ne pas penser à la photo polaroïd, pour empêcher la terrible image de revenir incessamment devant ses yeux. Il avait réussi, épuisé, à s'endormir peu avant le moment où il devait se réveiller.

Il avait bu au moins un demi-litre de café très noir, avait pris la R5 de Walther et était parti très vite vers Remoulins, avait fait le pied de grue un long moment près du bureau de poste, espérant assister au départ des facteurs pour leur tournée. Il avait réussi à en approcher un, sur son vélo à sacoches jaunes, n'avait pas eu besoin de l'amadouer, le type était d'une gentillesse matinale, lui avait demandé s'il connaissait le diable blond, ou du moins si quelqu'un d'approchant habitait dans les parages. Le facteur avait réfléchi, donné des listes de noms, fait des descriptions de personnages, ça ne collait pas, avait promis de demander à ses deux collègues, qui faisaient plutôt les villages du canton, et avait donné rendez-vous à Léonard le soir même au café du Nord, sur la place, au coin de la rue des Arènes.

Et puis Léonard s'était décidé à remonter les marches de ciment vers la gendarmerie, avait rencontré le même brigadier, avait précisé sa demande, le pandore avait l'air très ennuyé que quelqu'un fasse vraiment le flic dans les parages et lui avait donné une réponse presque volontairement négative, il fallait que Léonard s'ôtât de la tête que le boulot de gendarme consistait à dévisager l'habitant de type lambda. Et qu'il n'avait pas que ça à foutre. Nous n'étions pas en pays totalitaire, il avait même cru bon d'ajouter. Et, en guise de fin de non-recevoir, un autant tonitruant qu'incompréhensible *"Sol lucet omnibus"*, le soleil luit pour tout le monde.

Et puis, la tête rentrée dans les épaules, Léonard a pris la RN 86, vers Nîmes. Il en avait un peu marre de cette route. Il s'est demandé un moment si ce numéro, 86, pouvait lui dire quelque chose, autant chercher des signes partout. Il s'aperçut que c'était la somme exacte de son âge et de celui de Lucie. Et il pensa que lui vieillirait. Qu'à lui seul, il le changerait ce chiffre... 86, c'était quoi comme département, déjà ?... 84, le Vaucluse, Avignon, ça, il savait. Ça devait être la Vienne, ou la Vendée, ou, et merde ! Beaucoup de camions, toujours, Léonard se demanda pourquoi ils ne prenaient pas l'autoroute. Il tourna sur la droite pour voir, de près, un château, de loin paraissant plus blanc que la pierre locale traditionnelle, planté juste au-dessus du village de Lédenon. En sortant de la voiture, il s'aperçut que les murs de l'énorme édifice étaient en réfection, de maigres échafaudages s'agrippaient à l'immense façade d'une tour-donjon. Il entendit, dans l'air, des vrombissements rageurs, comme si le château, plus haut, se découpant sur la garrigue vert clair, grondait, à cadence régulière. Il reprit sa voiture, certain que le coin commençait à lui taper sur le système et, en reprenant la 86, il vit un panneau indiquant un circuit automobile, c'était donc ça, sur le plateau de garrigues, il y avait des gens qui se faisaient peur au volant, qui se faisaient du Prost à dix heures du matin. Tout a une explication, il rigola sous cape. Le suicide de Lucie aussi. Mais, là, il n'y avait pas de poteau indicateur.

Il contourna une infinité de ronds-points, évita un paquet de rocades, il s'étonna de ne rien reconnaître, pourtant, l'autre jour, il avait pris la même route, mais il n'avait pas la même tête, il ne savait pas alors les mêmes choses, n'avait pas le même espoir, ou le même désespoir, alors il sut que la douleur, la peur, l'angoisse, modifient le paysage, du moins l'idée qu'on s'en fait.

Il gara sa voiture n'importe comment sur une petite place, où il y avait un square empli d'hommes presque clochardisés, hébétés près d'un tas lumineux de bouteilles vides. Le square de la Couronne, ça s'appelait. Une seule couronne pour de nombreux rois déchus.

Il trouva facilement, sur le grand boulevard Courbet, pas le peintre, l'amiral, les bureaux du *Midi-Libre*, se recommanda de Bernard Lansade, de la rédaction de Montpellier, et demanda s'il était possible de consulter les archives du journal, la période du mois de mai, du 24 au 31... Il fallut qu'il choisisse la version qu'il voulait. Il prit celle de Nîmes et celle de Remoulins, le *Midi-Libre* Camargue. Pour une fois, on ne lui demanda pas pourquoi, mais c'était normal parce qu'il fallait payer un écot. On l'installa dans une petite pièce avec une plante verte et une table de bois lustré. Une dame lui apporta, dix minutes après, les huit journaux, chacun protégé par une couverture en plastique transparent.

Et Léonard se plongea dans le *Midi-Libre.* Éplucha. Lut tout, de A à Z. Même l'ours. Ne fit aucune impasse. Se tapa même le sport local, la division d'honneur de foot, et les minimes, les championnats de pétanque. Et la "Bouvine", la page taurine. Il y avait peu de différences, à part la vie des villages concernés, entre les deux versions, la nîmoise et la camarguaise. Léonard apprit tout sur les fêtes votives, qui commençaient dans la région, le cours de la cerise, la burlat surtout, les clubs troisième âge, les merdes à cause du TGV, la rénovation programmée du pont du Gard, ça renâclait, dans les bourgades, les faits divers plus ou moins sanglants, les "affaires", la vie culturelle des clochers.

Rien qui puisse traumatiser Lucie.

Et puis Léonard relut patiemment les quotidiens du 26 et 27, ceux-là Lucie et le diable les avaient étalés partout dans leur chambre, s'il fallait croire la femme de chambre. Quel pouvait être le truc qui les intéressait tant ? Il y avait eu, deux jours avant, cette fameuse attaque de train, à Jonquières-Saint-Vincent, dont le gendarme lui avait déjà parlé, du polar en pleine campagne, ils s'étaient farci le wagon postal au bazooka, pour l'ouvrir, beaucoup de violence mais pas de morts, un blessé sérieux, c'est tout, un agent de la SNCF assommé, traumatisme crânien. Bien sûr, ça y allait de la prose journalistique, comme quoi le western était toujours un genre à la mode, les attaques de trains postaux, le chic du chic, *remember* les Anglais, et on ne savait pas la somme exacte qui avait disparu.

Et il y avait Bertie Vanhœgarden, une jeune Hollandaise, une Batave, même, écrivait le journaliste pour ne pas se répéter, trouvée morte sur les rives du Gardon, près de la grotte de la Baume, derrière Collias. Overdose, avait conclu l'autopsie. J'ai pensé qu'un endroit aussi paradisiaque, où je m'étais allongé un après-midi pour écouter le gazouillis de la rivière, pouvait toujours se transformer en cercueil naturel, ça dépendait de ce qu'on venait y faire, lézarder ou, justement, SE lézarder. Il y avait un légionnaire tué accidentellement au camp des Garrigues, pas loin, pendant des manœuvres. Profits et pertes de l'armée.

Et le 25, il y avait ce qu'on appelait déjà le crime de la RN 86. Encore elle. Décidément. Alors qu'il y a la nationale 100, tout près, ça sonne quand même mieux. Et ça aurait permis des titres du genre : la nationale Sang. Un couple de jeunes, des Lyonnais, virtuellement exécutés au fusil de chasse dans leur voiture garée sur le bas-côté de la route, vers Valliguières. Même le chien y était passé. Meurtre inexpliqué. Gendarmes sur les dents, en trois jours presque tous les chasseurs des parages avaient été interrogés, appel à témoin, tout le toutim... Les deux Lyonnais étaient à moitié nus dans la voiture, sièges abaissés, mais il n'y avait pas d'autres signes de violence que leurs têtes pulvérisées à coups de chevrotine. Les gendarmes n'osaient même pas décrire et l'un d'eux avait même fait une crise nerveuse... face à l'horreur du “spectacle”.

J'étais vaguement mal à l'aise, comme si je comprenais un truc qui était soudain en rapport avec ce qu'avait vu Walther sur le dos de Lucie, ces traces de fouet ou de coups, peut-être qu'ils s'excitaient en lisant des horreurs, peut-être qu'ils rejouaient la scène, en se faisant un peu mal, de plus en plus mal, le bonheur dans la souffrance, je fais le tueur, tu fais la victime, je ne rigole pas, tiens, aime-moi. Vautrons-nous. Et les doigts crispés de Lucie déchirant le papier journal sur lequel elle s'allonge, dévorée, humiliation consentante.

J'avais plus de haine que de peine, je pensais à Serge Gainsbourg qui avait pu chanter cette connerie disant que l'amour physique est sans issue. Qu'on ne peut que s'enfoncer.

J'ai eu envie tout à coup de les déchirer, moi aussi, ces journaux, de les réduire en bouillie, de les ramener à leur stade premier, la pâte à papier, et d'en jouir moi aussi, il n'y avait pas de raison.

La tête me bourdonnait, je me suis arrêté à temps.

J'ai marché le long des boulevards. Amiral Courbet, Gambetta, Alphonse-Daudet, Victor-Hugo... Sous les arbres. M'arrêtant de temps en temps à une terrasse de café pour boire. J'ai bu beaucoup. Ça commençait à tourner. J'avais la tête aussi au carré que la Maison du même nom. C'est en apercevant les arènes que je me suis même rendu compte que j'avais tourné autour de la vieille ville, que j'en avais fait le tour. J'avais donc aussi fait le tour de mon histoire, le tour de moi, des tours complets. Pour que dalle. Nib. Je n'avais plus qu'à revenir souder mes cuivres de 14/16, apprendre à régler un réducteur de pression, à couder avec du sable et un ressort. Quand on n'a pas de cintreuse. Je disais n'importe quoi.

Tout tournait.

Comme les arènes.

J'étais malade. J'avais envie de vomir tout. Mes mauvaises pensées, mes mauvais souvenirs.

Ma désormais mauvaise vie.

Je me suis allongé dans l'herbe, place de la Libération.

Tu parles.

Libéré de quoi ?

J'ai brûlé le polaroïd avec mon briquet.

Je n'avais pas besoin de garder l'original, l'image était gravée à jamais sur les parois arrière de mes globes oculaires.

Je me suis aperçu que ça faisait bien deux jours, ou trois, impossible à savoir, que j'avais arrêté de fumer.

Si vous voulez vous débarrasser de la cigarette,

une seule solution, que votre femme s'envoie en l'air avec un Nordique, qu'elle fasse des photos pornos et qu'elle se suicide. 100 % de réussite.

Je me suis endormi à même la pelouse.

24

Quand j'ai ouvert les yeux, le soir tombait sur Nîmes.

Je suais.

Devant moi un palmier se découpant sur le ciel bleu profond. J'ai pensé, avant de tenter de me lever, que les armes de la ville représentaient un palmier planté sur le dos d'un crocodile. Alors la municipalité en plantait partout, des palmiers. Puisqu'elle ne pouvait pas lâcher des crocodiles dans les caniveaux.

Je me suis redressé, la tête me lançait atrocement. Le mélange bière-vin blanc m'avait saboté la cervelle. J'ai mis un petit moment pour me souvenir où j'avais garé la R5. Plus loin, eux aussi le cul sur l'herbe, une bande de punks rigolaient ferme en me voyant. L'un d'eux a fait le geste de la tête au carré. J'ai acquiescé. Ça se voyait donc tant que ça ?

J'ai acheté du Doliprane dans une pharmacie, m'en suis tapé trois immédiatement, j'ai bu au moins un demi-litre d'eau. J'ai bien pensé un instant laisser la bagnole là et mes affaires à Castillon.

Me barrer immédiatement en train vers un endroit où il faisait plus froid, plus gris, où il n'y aurait plus de jolis villages perchés, d'ombrageuses rivières, d'hôtels de luxe, de monuments romains, et de Midi pas si Libre que ça. Mais je ne voulais pas être trop indélicat avec Walther, et surtout, dans le tréfonds de mes désirs encore possibles, je me demandais bien ce qu'il me dirait de ce que j'avais trouvé. Du rien il ferait peut-être un tout.

Walther n'était pas dans la salle à manger. J'ai été voir dans sa chambre. La porte n'était pas fermée, je suis entré en tapant plusieurs fois sur le montant et en faisant du bruit pour ne surprendre personne.

Il était allongé sur son lit, débraillé et ronflant fort. Sur la table de nuit, un litre de vodka Absolute. Bourré comme un coing, l'écrivain. Sa chambre illustrait l'idée même de bordel intellectuel. Des feuilles de papier partout, des livres entassés contre les plinthes, éparpillés sur le lit, un petit ordinateur, le clavier gisait par terre, à moitié suspendu par son fil torsadé. Tout à fait le genre de chambre qu'Anne-Marie refuserait de ranger.

Je le regardais. Non seulement Walther coïncidait avec l'image probable de l'auteur alcoolique suicidaire, cette image que les Américains tendent toujours à populariser, tout ce côté Hemingway, mais il me la rendait tout à coup un peu sympathique. Parce que les écrivains, hein, ceux qu'on voit à longueur de *Caractères* et d'*Apostrophes*, hein... Ils ont tellement l'air, quand ils "écrivent", de souffrir, de maigrir, de divorcer, de faire chier leur famille, d'avoir le fameux vertige, qu'on a toujours envie de leur dire, pas de problème, faites autre chose, si c'est tant douloureux.

Et puis, dans la chambre de Walther, il n'y avait pas de chat, les écrivains ont toujours un chat dans les parages qui, la brave bête, va même jusqu'à foutre le désordre, avec la papatte, dans les feuillets.

Et, dans la chambre de Walther, on n'entendait pas du Mozart. Notamment *Don Juan.*

C'était toujours ça de pris. Il avait un magnétophone, près du lit. Et plein de cassettes de rock and roll. J'ai fouillé un peu. Pas de musique Renaissance ou baroque. Ce mec écrivait sur les papes d'Avignon en écoutant ZZ Top. Il ne pouvait pas être essentiellement mauvais.

Je l'ai laissé cuver.

J'ai donné ses clefs de bagnole à la réception. J'ai payé ma note en annonçant que je partirai, tôt, le lendemain. J'avais décidé d'aller à pied voir le pont du Gard une dernière fois et, sur place, attendre le car pour Nîmes, ou Avignon, le premier serait le bon.

J'ai décidé de louper mon rencard avec le facteur, au café du Nord. Le seul lapin que les chasseurs locaux ne massacreraient pas.

Je n'avais pas faim, ma migraine s'était calmée, j'ai décidé de faire comme Walther, de me perdre un peu, au bord de la piscine hyperréaliste de l'hôtel, de boire dans la douceur du soir, de m'en mettre autant dans l'estomac qu'il y en avait sous les baigneurs, pour avoir l'impression de boire une piscine d'alcool, ou alors, de nager dans une vodka-pool.

Assis dans un transat, je voyais, à travers les grandes baies, au-dessus, les gens manger. Tout était reposé. J'en étais à ma troisième vodka. J'étais presque bien. J'aurais bien voulu entendre un rossignol. Mais le clapotement de l'eau agitée par un nageur solitaire, un vieil homme décharné et grisonnant qui en était au moins à sa vingtième longueur, couvrait tous les sons qui auraient pu venir de l'extérieur, notamment de derrière les hauts murs similimédiévaux bordant la piscine. J'aurais bien voulu que la belle nageuse aux yeux violets vienne se baigner elle aussi, hautaine et distante, et on se serait cru alors dans un film d'Antonioni.

C'est le froid qui m'a réveillé. Il était presque minuit. Je m'étais à nouveau endormi sur ma chaise longue et personne, absolument personne, ne m'avait réveillé. J'aurais pu avoir une attaque, mourir là, la classe fait que le client est roi et que s'il veut roupiller en plcin air, alors qu'il a un pieu à plus de mille balles, ça le regarde.

Je m'étais endormi comme un enfant, comme un bébé. Aucun rêve, rien. Une panne encore. Une panne toujours.

25

Avec la nuit, les mauvaises images, les mauvaises pensées étaient revenues, empêchant tout sommeil, tout repos. Mais Léonard était sûr de lui, il attendait le lever du jour pour partir. Définitivement. Revenir à Paris. Tout changer peut-être. Le boulot, la vie. Pour oublier. Laisser faire le temps, la Grande Gomme.

Au matin, il avait fait son sac, s'était vautré dans la baignoire, demandant implicitement à la pomme de douche sacrée de le laver de tout, presque une prière. Il avait laissé son livre de Kierkegaard au desk en recommandant de le donner à Walther. Après tout, dans cet opuscule, le jeune philosophe se permettait d'écrire que la plaisanterie n'était pas une catégorie esthétique, mais une catégorie éthique à l'état embryonnaire. Alors...

Il était parti, par les rues mauves d'aube de Castillon. Ce village, il ne l'aimait pas, n'avait pas su l'aimer. Il avait trouvé plus d'humanité, force et faiblesse confondues, dans le paysage informe, un peu urbain déjà, de Remoulins. Le typique, le pittoresque, le vieux, le beau étaient bouffés par le pont du Gard, qui aspirait tout dans les parages, et notamment l'Histoire. Walther l'avait compris, il lui avait dit qu'il y revenait souvent, dans sa grande fresque, et le décrivait comme une sorte de pont des Miracles, lieu de passage presque obligé, avec ses droits de péage, ses bagarres, ses vaches, ses gens et ses soldats chamarrés. Léonard se dit qu'il le lirait peut-être jamais, ce gros livre, qui lui rappellerait sans doute des souvenirs définitivement atroces.

Il était environ dix heures quand il arriva au pont. Il faisait déjà très chaud, trop chaud, ça sentait l'orage, mais le ciel était nu et bleu. Il y avait bien sûr déjà du monde, ces touristes turbo qui vont se farcir, dans la même journée, Léonard avait vu ça sur une affichette d'autocar, le pont du Gard, la bambouseraie d'Anduze, la grotte des Demoiselles, celle de Trabuc et le cirque de Navacelles, des isolés encore ensommeillés, dont les paupières s'ouvrent lentement (et sûrement) sur une des merveilles du monde, des tortues, ou des escargots, au choix, ayant traîné leur immense sac à dos aux armes du Canada jusque-là, un ou deux pêcheurs, traquant, dans le Gardon, quoi justement ? eh bien le gardon, tiens.

Léonard laissa son sac dans l'espèce de rotonde à souvenirs, sur la rive droite, quand il apprit qu'il venait de manquer le car et que le prochain serait vers 14h30. Il décida d'aller sur les bords de la rivière, de remonter un peu le cours d'eau vers l'amont, vers les collines boisées qu'il apercevait à travers les arches de pierre.

Il passa, vaguement mal à l'aise, entre deux

murailles de cartes postales, c'était un peu à cause d'elles, tout ça. Il réussit à acheter de l'eau au café juste en face. Il passa le pont. Là, non plus, aucun fantôme ne vint à sa rencontre.

Il traversa lentement une forêt, claire, longeant la rive gauche de la rivière et, en se retournant, vint un moment où il ne vit plus le pont.

Des cigales.

Des bruits d'eau plus bas, dans la rivière.

Il marcha encore, s'enfonçant dans les broussailles, le soleil dans le dos, mangea quelques arbouses sauvages, franchit une barrière défoncée, grillage piétiné, panneau d'interdiction de passer renversé, franchit des barrages de genêts et d'épineux, se retrouva sur une falaise surplombant, d'une dizaine de mètres, le Gardon. Dans les trous d'eau vert sombre, il aperçut des poissons énormes. Peut-être des chevesnes, pensa-t-il, son père était pêcheur, dans le temps.

Plus loin, la rivière faisait un coude, et formait comme une immense grève de sable. Il n'y avait personne. L'interdiction de passer devait arrêter le touriste moyen, le baigneur du week-end, peut-être y aurait-il un garde-chasse, il verrait bien...

Le chemin était pourtant bien tracé, très étroit, mais net entre les ronces et les hautes herbes. Il passa sous des chênes verts et des platanes, prit un raidillon en pente sur sa gauche, et se retrouva sur du sable d'un blanc intense. Un peu plus loin, la rivière, calme et profonde dans le coude qu'elle avait creusé dans la falaise d'en face.

Personne.

Il était en sueur, il enleva sa chemise et s'assit à

l'ombre d'un immense platane dont les branches tombaient jusqu'au sol, une chapelle verte.

Un silence presque total.

Il soupira. S'allongea en tirant sur les bras. Ferma les yeux, tenta de s'imaginer en Sierra Leone, ou en Casamance, sous un fromager. Ou un baobab.

Rien à faire.

Les cigales, peut-être.

Une partie énorme de sa tête restait encombrée de boue et de malheur. Il soupira et s'étira à nouveau.

Et puis il écouta autour de lui. Rien. Il se leva, se déshabilla entièrement, et, nu, blanchâtre, il s'avança vers la rivière. Une petite couleuvre zigzagua devant ses pieds quand il entra dans l'eau si froide. Levant la tête, il vit un héron. Eut envie de sangloter. C'était pas souhaitable que tant de beauté coïncidât avec tant de laideur. Il mit un sacré moment à se plonger dans l'eau tant elle lui sembla glaciale. Mais la gangue froide lui fit du bien, lui resserra tous les pores de la peau, lui calma la nuque. Et il se mit à nager lentement, remontant un peu le courant, faible à cet endroit.

Un peu plus loin, il y avait un petit rapide, et, au-dessus des grands arbres, la silhouette d'un vieux château. Des gens habitaient là. Sans doute ceux qui ne voulaient pas qu'on marche sur leur territoire et qui avaient mis les barrières qu'il avait franchies si facilement. Des gens riches, sûrement, puisqu'ils avaient un château. Des gens qui devaient avoir une piscine. Qui ne se baignaient donc pas dans la rivière à leurs pieds.

Qui ne savaient pas ce qu'ils perdaient, pensa Léonard.

La grève de sable se poursuivait par une autre grève, mais de gros cailloux blancs.

Au ras des arbres, loin, Léonard aperçut deux autres baigneurs, nus aussi, un homme et une femme, il ne les voyait pas bien, mais ça devait être réciproque, et l'homme assis regardait qui venait par la rivière. Léonard sortit de l'eau, par sa nudité, c'était comme s'il jetait les armes et fit demi-tour vers son grand arbre. Il se coucha au soleil, à même le sable et se laissa sécher. Tant pis si les rayons le brûlaient, il avait déjà le rouge au front, le reste pouvait suivre...

Un long moment après, il se replongea dans la rivière. Plus facilement, cette fois, avec un peu plus de bonheur.

Pas loin, le couple s'ébattait dans l'eau. Léonard entendait des rires, de grandes gerbes d'eau les entouraient parfois. Ils plongeaient, nageaient furieusement, faisaient la course et riaient, crachant de l'eau.

Léonard sortit du Gardon et s'assit sur le bord, sur des cailloux bruns de vase, regardant l'eau couler indéfiniment, comme du temps palpable. En jouant, les deux baigneurs s'étaient rapprochés de lui, et c'est alors qu'il reconnut la fille de l'hôtel, la nageuse du soir, les yeux si violets sous les abat-jour. Là, de loin, ses yeux étaient des cavités sombres, le soleil était presque à son zénith, mais ses épaules étaient toujours là, mouvantes, triangles parfaits.

Léonard fut content de se rendre compte qu'elle

était un peu comme lui, qu'elle fuyait le luxe confortable de l'eau javélisée pour celle, mobile, un peu glauque, de la rivière, heureux, comme lui aussi, qu'elle eût trouvé un petit coin de paradis, il suffisait de marcher longuement à pied. Troublé qu'elle fût accompagnée d'un homme dont les parents ne soupçonnaient peut-être pas l'existence.

Comme Lucie et moi. Je n'avais pas soupçonné. Maintenant je savais, je ne pouvais plus rien faire. Lucie n'était plus là.

La jeune fille aux yeux violets oui, dansant dans l'eau.

Je suis remonté vers mon platane et je me suis allongé à l'ombre.

J'ai bu beaucoup d'eau. Et je me suis endormi.

Quand je me suis réveillé, il était presque 13 heures 30.

Sonné par la touffeur, je me suis rhabillé.

Un bruit dans les fourrés, plus haut, un animal sans doute.

C'était bizarre, je n'avais pas vu beaucoup d'animaux, la chaleur devait les enfouir dans les terriers.

J'ai fini la bouteille d'eau et puis j'ai remonté le raidillon vers le chemin, plus haut, dans le bois. Pieds nus, comme pour sentir mieux les lieux une dernière fois.

Un peu plus loin, sur la droite, j'ai aperçu, au milieu des fourrés, une tache plus claire que les frondaisons environnantes. Une chemise bleue. Un mateur. Je me suis approché sans bruit, il y avait une sorte de mousse un peu sèche qui ne craquait même pas sous mes pieds nus.

Son dos un peu courbé, le crâne luisant. Le mouvement caractéristique du bras droit. Un vrai mateur. Tout à coup j'étais furieux. Bien sûr que cet endroit ne pouvait pas être aussi paradisiaque qu'il voulait bien paraître. Entaché, souillé, une fois de plus. Et puis je me suis repris, qu'est-ce que c'était que ce combat incessant contre des moulins à vent ? A moi tout seul, je ne ferai jamais des hommes des saints.

Je me suis calmé, respirant fort, il allait en être quitte pour une bonne trouille et baste.

Je l'ai contourné un peu vers la droite. C'est alors que j'ai vu, moi aussi, ce qu'il regardait. Le couple. La fille aux yeux violets, le corps du type un peu moins pâle. Ils faisaient l'amour sur le sable, en dessous, derrière un bouquet de bambous. Leurs corps bougeaient, troublés par la chaleur s'échappant du sol.

Là, je me suis senti dépossédé de tout. Ce salaud souillait de son regard aveugle ma seule part de beauté restante, mon apparition d'un soir, cette jeune fille que j'avais décidé mystérieuse, il souillait ses épaules, son port de tête, ses nages silencieuses, ses rires de tout à l'heure, résonnant devant la falaise.

Je suis arrivé sur lui, au dernier moment il m'a entendu, je lui ai fait une clef au bras et, ma main plaquant sa bouche, en faisant le moins de bruit possible, je l'ai poussé vers le chemin.

Profil bas, le type.

— Foutez-moi la paix, occupez-vous de vos oignons... il a éructé à voix basse, prêt à m'injurier. Mais à voix basse.

Je n'ai pas pu m'empêcher de lui balancer un coup de poing en pleine figure. Ça m'a fait du bien, même si je pensais au même moment, qu'est-ce que c'était que cette attitude de flic, je devenais intégriste ou quoi, j'étais le représentant de quel ordre moral, tout à coup ?

— Choisis. Je t'amène en bas et je te présente au jeune homme que tu matais. Il va être content...

— Et vous, qu'est-ce que vous foutiez là ?

Il était en sueur, tout à coup, ses yeux roulaient de tous côtés, la cinquantaine, petit et un peu corpulent, mou. Il s'est rendu présentable à petits gestes nerveux.

— Ou les gendarmes, j'ai rajouté. Pour votre réputation dans le coin...

Il s'est tellement tassé que j'en ai eu presque honte.

— S'il vous plaît...

— Vous êtes marrant, vous, c'est dégueulasse, vous pensez jamais à ceux que vous regardez ?

— Ça ne regarde que moi. Je ne fais pas de mal. Jamais quelqu'un m'a vu... C'est mon problème...

Il s'est assis par terre, comme s'il refusait d'aller plus loin, comme s'il fallait que je le porte. Mais je sentais qu'il avait plutôt les jambes coupées, que cette situation, il ne l'avait jamais vécue, il avait dû y penser souvent, mais ça n'était jamais arrivé. Un cauchemar.

— S'il vous plaît... il a dit à nouveau en me regardant par en dessous.

Je n'ai rien répondu. Il a pris nettement ça pour un encouragement. A ses yeux, je faiblissais. Il avait pris un coup, s'estimait puni.

— Je ne peux pas m'en empêcher... mais je ne fais pas de mal... jamais personne ne le sait...

— Allez à Collias, dans les gorges, vous n'aurez pas besoin de vous cacher dans les fourrés.

Il a haussé les épaules.

— Ici, les gens sont seuls, y'a personne, c'est pas pareil...

Un habitué. Tout à coup, j'ai eu une idée. Idiote. Je ne voulais pas y penser, mais, moi non plus, je n'ai pas pu m'en empêcher.

J'ai sorti une des photos de Lucie et je lui ai donné. Il l'a regardée longtemps. Il a levé la tête.

— Oui... il a dit doucement.

J'ai soufflé bruyamment, comme pour me vider. Fallait faire attention, même si ce n'était pas complètement du hasard, ce type pouvait raconter n'importe quoi pour se tirer d'embarras.

— Oui... il y a longtemps... au début de l'été.

— Continuez... Si vous me dites la vérité, on n'ira peut-être pas les voir, les gendarmes.

— C'est sa coiffure, surtout... Une grande femme. Mince. Ils sont venus souvent ici, au moins une dizaine de fois.

— Ils ?

— Il y avait un monsieur avec elle.

Le mot “monsieur” m'a fait tout drôle.

— Ils faisaient quoi ?

— Ils se baignaient à poil. Ils bronzaient. Ils...

Il n'a pas terminé sa phrase. Étrange pudeur. Je bouillais, mais pas de la même haine évidente, immédiate, irraisonnée, que quand je l'avais surpris matant la jolie nageuse. Je bouillais, une fois de plus, d'avoir des détails morbides, Lucie, ce voyeur ne la souillait pas plus qu'elle ne l'était déjà...

— Vous en avez bien profité ? C'est ça ?

Il a baissé la tête.

— Espèce de salaud...

Plus bas, on a entendu des cris et des clapotements d'eau. La jeune fille aux yeux violets et son amant se baignaient, laissaient éclater leur joie dans l'eau courante.

— Qui c'est, la dame sur la photo ? il s'est inquiété.

— Ça ne vous regarde pas. Si vous voulez le savoir, les gendarmes vous le diront.

Il s'est pris la tête entre les deux mains.

— Et le type, il était comment ? Réfléchissez bien.

— Un grand type, avec des cheveux longs, il a répondu sans réfléchir.

— Vous en êtes sûr ?

Il s'est marré, presque sous cape.

— Je le connais bien, ce n'est pas la première fois.

— Comment ça ?

— Un habitué. Comme moi.

Tout en moi était en feu. Le hasard est un chien de l'enfer. Ce vieux salaud anonyme détenait peut-être une clef que je cherchais depuis longtemps.

— Vous l'avez vu, là, récemment ?

— Ici ?

— Vite ou je te casse la gueule !

— Non. Pas ici. La dernière fois, ça devait être en août, quelque chose comme ça. Mais...

— Mais quoi ?

— Ce type, je le vois presque tous les jours...

Ça y était. Enfin.

J'ai éclaté. Je lui ai balancé un grand coup de pied dans les côtes, il a crié à moitié, je me suis presque assis sur lui, lui empoignant à pleins doigts ses maigres cheveux et tirant son visage en arrière, face au soleil.

— S'il vous plaît ! il a toussé.

— Allez !

— Il habite dans le même village que moi.

— Où ?

— Saint-Bonnet.

— Il s'appelle comment ?

— Hans.

— Hans comment ?

— Tout le monde l'appelle Hans. C'est un Allemand. Il loue une baraque, en haut, près de l'église, six mois de l'année.

— C'est quel genre, comme type ?

— Très gentil. Il est peintre, un truc comme ça... On l'aime bien, il est très gentil. Y'a jamais personne chez lui. Les autres ils croient qu'il est toujours tout seul.

Il avait dit tout ça d'une seule traite, presque sans respirer, sentant qu'il devrait peut-être à cette délation, à ces renseignements, sa libération, sa tranquillité.

— Et toi, tu sais que non. Et tu ne peux pas le dire. Ça gâcherait ton petit plaisir.

Il a reniflé.

— Tu vas te lever et tu vas partir, vite. Très vite. Sans te retourner. Et tu vas fermer ta gueule. Je peux aller porter plainte à la gendarmerie quand je veux.

Il s'est levé, comme mû par un ressort, a rajusté sa tenue et est parti à petits pas courts dans la broussaille, il ne courait pas, mais je sentais qu'il avait une furieuse envie de détaler comme un lapin.

Quand je n'ai plus entendu que les cigales et le vent frissonnant dans la cime des platanes, je me suis mis à trembler. Alors j'ai fait demi-tour, j'ai regagné ma plage de sable, j'ai quitté à nouveau mes vêtements et je me suis replongé dans la rivière.

26

Léonard est arrivé à Saint-Bonnet par la RN 86. Bien sûr. Impossible autrement.

Le petit village était comme tranché à vif par la route, même pas partagé en deux, sur la droite ne subsistaient que quelques maisons et un curieux mail, aux platanes sombres, avec une fontaine à plusieurs bassins recouverte de grillage de fer, accoudée à un ancien lavoir, et surmontée d'un buste de Napoléon. Qu'est-ce que le Corse veillait ici ? Léonard l'imaginait mal inaugurer la fontaine, et le célèbre trekking des Cent-Jours ne passait pas par là.

Il y avait aussi un petit café sur la terrasse duquel il a pris le temps d'ordonner tout ce qu'il voulait faire. Il avait abandonné l'idée de repartir tout de suite pour le Nord, il lui fallait, au point où il en était, tenter de voir de près le diable blond. Il était reparti à pied du pont du Gard, avait fait à peu près le même chemin que le premier jour où il était arrivé là, signe que quelque chose se bouclait, mais n'avait pas pris le pont routier vers Remoulins. Il avait continué vers Nîmes, gravi une longue pente où les camions ahanaient et avait aperçu Saint-Bonnet, au fond d'une longue ligne droite, les camions se remettaient à accélérer, nuages noirs de gazole brûlé, un village surplombé d'une église fortifiée.

Et là, devant le demi de bière blonde, il regardait les Enfers. C'était l'enfer puisque le Diable y habitait. Le Léthé n'était plus un fleuve mais une route nationale encombrée de véhicules rapides et dangereux.

Il n'avait plus rien avec lui, il avait jeté son sac de voyage et ses maigres affaires dans une poubelle, après, en plein champ, avoir tenté de les brûler. Sur lui, il n'avait que ses papiers personnels, ses clefs et un peu d'argent liquide. Il était persuadé qu'il lui fallait être mobile. Il s'était mis dans la tête de tuer, de supprimer, il ne savait pas encore comment, l'amant de sa femme. Acte ridicule, mais au moins aussi ridicule que toute l'histoire qu'il avait déterrée. En venant ici, il aurait préféré apprendre que Lucie avait trempé dans une histoire désespérée, dont la noirceur l'aurait poussée jusqu'au suicide, une Lucie recherchée par toutes les polices, quelque chose comme ça. Mais sa femme n'avait trempé que dans la sueur de quelqu'un d'autre, amant d'un jour, amant d'un mois, quelqu'un qui lui avait révélé quelques grammes de peau, et c'est tout. Une histoire de rien du tout. Alors, il avait décidé de jouer le rôle qu'on lui avait assigné, le cocu, le cornard, le bouc. Après tout, le bouc a toujours à faire avec le Diable. Histoire de cornes.

Quand il fut persuadé qu'il était prêt, concentré, il partit du petit café, traversa le mail et la fontaine en sautillant comme un gamin, et traversa la nationale.

Il entra dans le petit village par une ruelle étroite, qui montait vers la petite colline où trônait la vieille église. Du XIe, disait un panneau. Grand bien lui fasse, pensa Léonard. Moi, je suis du XIVe arrondissement.

Le petit village était magnifique. Une véritable présence. Ce n'était pas comme Castillon, qui prenait, avec toutes ses rénovations, un vrai coup de faux. Là, c'était n'importe quoi, mais surtout du vieux, du décrépi, du vivant. Vieilles maisons retapées ou non, anciens palais, disjoints, résistant encore au temps, une tour d'horloge pas très belle, mais juste en son endroit. Un énorme et médiéval presbytère, à la limite de l'aveuglement, des pavés, de grosses pierres, des rideaux aux fenêtres, des herbes, des fleurs.

Léonard demanda son chemin. La maison de Hans se trouvait plus haut, vous ne pouvez pas vous tromper, un porche avec des cactus dessus, sur la pierre. Il était alors encore monté plus haut. Il lui semblait dément que, pour le voir le Diable, il fallût grimper et non s'enfoncer, d'une manière ou d'une autre, dans les entrailles de la terre.

L'église était toute proche. Ça aussi, comme symbole à la con...

Il faisait de plus en plus lourd. Des nuages noirs passaient lentement. Ça sentait inexorablement l'orage. Du côté de Nîmes, le ciel était totalement plombé.

Il repéra le porche hérissé d'agaves, comme si

c'était des piques, des pointes plus ou moins empoisonnées. Grand ouvert. Donnant sur une cour remplie d'un bric-à-brac tout à fait semblable à celui aperçu à Collias, chez le formateur dont il avait déjà oublié le nom.

Il y avait un gros chat noir qui roupillait sur un rebord de fenêtre. A ce train-là, Léonard était persuadé que les sorcières n'allaient pas tarder à débarquer, suivies de près par des diablotins fourchus. Tendu comme un arc, il se forçait à plaisanter intérieurement, à déconner en lui-même, se comparant aussi à Orphée descendant chercher son Eurydice.

La maison était une vieille maison bourgeoise du siècle dernier, avec la grande porte à colonnade et les immenses fenêtres carrées. Mais le tout comme usé, au bord d'une ruine certaine, à travers le crépi gris tombant en lambeaux, on voyait la pierre de taille, jaune, déjà creusée par la pluie, ou le vent.

Léonard prit son courage à deux mains et appela, d'une voix forte et claire.

Un chien aboya, dans une cour, pas loin.

Le gros chat sauta de sa fenêtre et gagna la rue.

Léonard cria une seconde fois.

Personne ne daigna répondre.

Il n'était plus question qu'il attendît, ne serait-ce qu'une minute de plus.

Il tourna le loquet de la grosse porte vermoulue qui ne bougea pas d'un centimètre. Le Diable était absent. Léonard en était presque soulagé. Il s'assit sur la marche de pierre et patienta un instant, regardant vers le porche, attendant de voir si, dans la rue, il y avait du passage ou non.

27

Personne ne s'est encadré dans l'écran formé par le grand portail. Léonard poussa les battants des deux grandes fenêtres du rez-de-chaussée. La deuxième céda facilement, le bois était vermoulu, trop vieux pour tenir sous la pression. Léonard enjamba le rebord et sauta dans la maison.

Il mit un petit moment à s'habituer à l'obscurité qui régnait dans la grande pièce fraîche. De grands murs peints en gris clair. Un canapé recouvert d'un linge blanc. Ça sentait l'essence de térébenthine. La pièce était nue, à part deux grosses valises posées dans un coin, ouvertes, dégorgeant vêtements et objets de toilette.

Comme si le locataire s'apprêtait à partir. Léonard se souvint de ce qu'avait dit le voyeur du bord de l'eau, Hans louait la maison six mois par an. S'il avait été là en mai, ça concordait, il allait s'en aller, un peu plus Léonard le manquait. Tout à coup il lui sembla que cela aurait été mieux, sans doute. Qu'est-ce qu'il allait en faire, du grand diable blond ? Il pensa à un film brésilien, *le Dieu Noir et le Diable Blond.*

Bien sûr qu'il ne le tuerait pas.

C'était un genre de courage ou de lâcheté que n'avait absolument pas Léonard.

Il voulait tout simplement l'avoir en face, après, il improviserait, lui parlerait, lui demanderait sans doute les dernières nouvelles de Lucie. Pour emporter des images définitives de sa femme. Pour se guérir tout à fait.

Il écouta un moment les bruits du dehors et se mit fébrilement à fouiller dans les valises. Il y avait, parmi les vêtements, des livres, en français et en allemand, des objets, surtout des souvenirs, des boîtes de pastels et de crayons de couleur.

Un grondement.

L'orage approchait. Le premier coup de tonnerre.

Franchissant un frais couloir, Léonard passa dans une autre pièce, plus grande, un peu plus claire, où s'entassaient chevalets, tables transformées en anarchiques palettes, des monticules de peinture séchée plaqués dessus, papiers par terre, chiffons épars, pots et boîtes de conserve remplies de pinceaux, comme des bouquets de fleurs gluantes. Fusain écrasé sur le sol, odeur d'huile et d'essence. Et, surtout, de grandes toiles punaisées sur tous les murs, cimaise monstrueuse. Beaucoup de paysages torturés. Un immense portrait d'homme âgé.

Léonard se sentit mal à l'aise. La stylistique, la manière de peindre. Rageuse, violente, de grands coups acérés de brosse, des aplats provocants et nerveux. Un expressionnisme un peu trop volontaire. Mais une belle peinture, puissante, une vision du paysage des environs, particulière, très dépressive. Même le portrait du vieil homme, un peu à la Bacon, n'humanisait pas la production de l'artiste, qui restait, dans cette grande pièce, vaguement menaçante.

Il y avait des carnets d'esquisse et de dessin, apposés contre un mur. Léonard s'assit par terre et les feuilleta un à un. C'était surtout des croquis de paysages, à la mine de plomb, des épures rageuses, rapides, comme si le peintre dessinait avec le bras, et non le poignet, comme s'il avait décidé de rendre palpable la force dévastatrice du soleil, de la chaleur ou du mistral. Du mouvement sinistre. Des crayonnés dangereux.

Léonard était fasciné. Il ne connaissait, de l'homme de la maison, que des petits bouts : une queue de cheval, une attitude provocatrice, un possible corps d'irrésistible amant, sans doute une grande gueule, et le courage qui va avec. Il ne se doutait pas du mental, un type qui en voulait manifestement à la vie, pour faire de pareils tableaux. Ou alors qui, pour se sortir d'une sorte de paranoïa créatrice, fonçait, une fois sorti de son atelier, dans le plaisir, s'en mettait plein la tête, se ressourçait, s'éclatait, comme on dit. Il avait choisi Lucie comme compagnon de jeu, pour faire le plein de désir, de joie, de peau, et, ensuite, avait dû se remettre à son art névropathe.

Seulement Lucie s'était suicidée.

Dans la tête de Léonard pointa la mauvaise idée qu'elle ne s'était peut-être pas suicidée pour ça, ou pour lui, et qu'elle n'avait simplement pas supporté de se retrouver avec un être trop plat, même pas artiste, ne rendant pas coup pour coup au monde, un être battu à plates coutures.

Il se leva, fouilla, du pied, dans le tas de feuilles de papier éparses, ne découvrit que d'autres aperçus de la noirceur graphique du peintre.

Et puis il monta à l'étage.

Un coup de tonnerre violent ébranla la maison. L'orage n'était plus loin. La lumière devenait de plus en plus plombée. Par la fenêtre de la première pièce, Léonard vit le ciel, au-dessus de la garrigue, un ciel d'une noirceur terrible. D'énormes cumulus comme passés à l'encre d'imprimerie. Comme si tout le dehors était un des dessins que Léonard venait de découvrir. Pour l'instant, un orage sec. Là aussi, une atmosphère indicible de violence.

La pièce où il était entré, en forçant un peu sur une porte branlante, était la chambre, avec un lit étroit, à une place, une paillasse plutôt, un vieux lit d'enfant aux draps gris et chiffonnés, avec la couverture vert militaire à moitié repliée, tombant sur le sol, un gros cendrier plein de mégots, des filtres jaunes, Hans fumait des blondes, une pile de livres, Léonard la fit tomber du pied, des livres en allemand, ça se confirmait, et un mur entier recouvert de toiles sans châssis directement punaisées sur le plâtre, encore des paysages, sauf une représentant le gros chat entrevu dans la cour, un chat qui ressemblait plus à une panthère à moitié écorchée qu'au matou peureux et bonasse à qui Léonard avait fait peur, peu de temps auparavant.

Il tira un peu les draps, ne sachant pas quoi chercher, quoi trouver, sûr que ce lit était solitaire, que Hans n'amenait jamais ses conquêtes sur ce grabat, qu'il préférait les rouler dans les draps propres et frais d'hôtels de luxe, que là, c'était comme un lit de travail, un endroit où l'on se calme, les mains pleines de peinture, les doigts collant sur le papier à cigarette.

Il passa dans l'autre pièce, de l'autre côté de l'escalier. Une grande armoire. Et tous les murs recouverts de toiles, là encore punaisées. Et Léonard vit tout de suite celle du fond.

Un grand nu rouge et noir, démembré et charnel, comme suintant de peinture, le visage hachuré de gris, mais ça ne pouvait être que Lucie, il ne savait pas exactement pourquoi, mais c'était comme ça. L'impression générale, même si la toile n'était pas réaliste, rendait la même horreur, la même gêne que le polaroïd qu'Anne-Marie avait trouvé. Le salaud photographiait ses maîtresses dans l'anonymat vaguement dégueulasse d'ébats intimes, et, après, faisait de l'Art avec.

Et c'était ce qui me dégoûtait le plus, la femme, elle ne restait que soumise, fautive, dans la mauvaise position, et l'homme, lui, sortait presque grandi de cette saloperie, il en faisait de magnifiques peintures, que des esthètes en smoking, un verre de champagne à la main, lors d'un vernissage mondain, détailleraient, les yeux brillants. C'était idiot de penser que Hans se payait ainsi des modèles à bon marché. Mais c'était terrible de penser qu'il transgressait ainsi la vie. Alors que Lucie, comme transgression, n'avait trouvé qu'un désespoir suffisamment fort pour se donner la mort.

La pièce, à part la grande crédence sombre,

était totalement vide. J'ai ouvert la porte grinçante de l'armoire, comme si c'était le couvercle de la boîte de Pandore.

Un fouillis. Des affaires personnelles. J'ai tout de suite isolé du regard l'appareil photo, le Polaroïd. Déblayant l'étagère d'une main, je suis vite tombé sur les petits tas de photos instantanées reliées par un élastique. Il y en avait une douzaine. La tête me tournait.

Un éclair violent, comme un flash. Une détonation crissante, dehors. C'était pas tombé loin, sur un clocher, peut-être. Des chiens se sont mis à aboyer. Odeur d'ozone. Électricité.

Les petits carrés de couleur étaient apparemment rangés par thème. Je me suis approché de la grande fenêtre, je me suis assis par terre et, tas par tas, j'ai enlevé les élastiques. Il y avait des paysages, j'ai reconnu les gorges du Gardon, des morceaux de garrigue, il y avait une dizaine de polaroïds sur des toits de village, toute une série sur des camions, photographiés en pleine vitesse, en pleine route, un autre tas ne comportait que des vues d'eau, de rivière, scintillantes, des études de reflets de soleil sur la flotte, et puis il y eut un grand silence en moi, les bruits du monde se sont brusquement éteints, il y avait des nus, tous plus ou moins pornographiques, Lucie, bien sûr, et une blonde à cheveux longs, plus forte, presque adipeuse. Le visage souriant de Lucie. Ses traits graves, aussi. Son corps offert et malmené. Ces ombres et ces éclairs sur son corps.

Attachée, sur une des photos, à des montants de lit, j'ai reconnu une chambre semblable à celle de l'hôtel de Remoulins. Et aussi de durs portraits d'elle, sa frange, ses yeux un peu tristes. Des détails. Son dos marbré. Son bras, du sang coulant d'une estafilade.

Je me suis mis à pleurer, sans pouvoir me contrôler.

Quand j'ai regardé dehors, j'ai cru que mes larmes noyaient le monde. Mais le crépitement de la pluie est revenu peu à peu à mes oreilles. De grosses gouttes tombaient sur les toits et sur les vitres de la fenêtre avec un bruit de mitrailleuse. La pluie tant attendue par tous, dans la région.

Ailleurs, partout ailleurs, des gens allaient être heureux, le ciel se déchirait enfin, la sécheresse était finie, l'été aussi.

Et moi, je m'asséchais de plus en plus, les larmes quittaient mon corps, tout devenait cassant, inflammable en moi.

J'ai regardé longtemps le ciel noir et la pluie.

Et puis je me suis levé.

Un escalier de bois, une échelle de bois menait au grenier. Je suis monté, j'ai poussé une trappe vermoulue. Les lieux étaient grisâtres, remplis de vieux meubles, de vieilles caisses et une grosse couche de poussière presque blanche recouvrait le parquet. Une couche où il n'y avait aucune trace de pas.

J'ai refermé la trappe et je suis revenu dans la pièce où les polaroïds étaient répandus par terre.

Je n'avais pas progressé d'un mètre.

J'en étais au même point. Tout ce que j'avais réussi à faire, depuis une semaine, ne valait rien, n'avait contribué qu'à me donner une mauvaise image de Lucie, une image que je n'aurais jamais voulu connaître, l'image d'une femme, la mienne, que quelqu'un d'autre avait connue différente, saoule, vulgaire, violente, passive.

Je me suis jeté sur la grande toile, le grand nu rouge et noir et, la prenant à pleines mains, je l'ai arrachée du mur, pour piétiner cette fausse image, cette icône de merde.

La toile est tombée.

Mon cœur s'est mis à battre.

Derrière, sur le mur, étaient punaisées des coupures de journaux, bien alignées, bien rangées, comme mises en page autour de deux autres polaroïds.

J'ai fermé les yeux et je me suis demandé un long moment s'il fallait les ouvrir, s'il fallait que je sache enfin. S'il fallait, une fois de plus, que je m'aperçoive de mon échec. De mon échec avec Lucie. De l'échec de ma présence ici. De mon échec à trouver une solution.

Un coup de tonnerre. C'était trop beau. Même les éléments s'y mettaient, comme les trois coups d'un théâtre. Comme le coup de gong final.

Mais j'ai rouvert les yeux, en m'approchant.

Les coupures parlaient toutes du crime de la nationale 86, l'assassinat du couple, la nuit, au bord de la route. Des articles couvrant au moins quinze jours. Je détaillais les dates, lisais en biais leur contenu, la difficile enquête de la gendarmerie, l'appel à témoins, tout ça, tentant de ne pas regarder les deux polaroïds punaisés au centre.

Et puis je me suis décidé. C'était photographié de nuit. Au flash. Il y avait une voiture, portière à moitié ouverte, une jambe, pantalon clair, chaussette à moitié enlevée, dépassant du siège avant. Derrière, à l'intérieur de la bagnole, un amas indéfinissable quoique menaçant, comme une horreur indicible.

Et l'autre photo, Lucie assise sur le capot de la même voiture. Le haut du corps recouvert d'un pull rouge, le bas du corps nu, blanc, le sexe noir. Et les yeux de Lucie, figés par l'éclair du flash, comme deux points lumineux rouges, le regard d'un diable.

Encore un coup de tonnerre assourdissant. Et la pluie qui redoublait.

J'ai eu un haut-le-cœur quand j'ai réalisé qu'il n'y avait qu'une raison pour que ces deux photos soient ainsi noyées au milieu des articles parlant du meurtre. C'était sur la voiture des victimes que se prélassait Lucie. La jambe qui dépassait devait être celle de Victor, le mari, dont la tête avait été dispersée par une décharge de chevrotine. Et dans l'amas indéfinissable, derrière lui, il devait y avoir sa jeune femme, Sophie. Et leur chien, Zigoto. Et que c'était Hans qui avait dû les prendre, ces photos.

Ce n'était pas possible.

Je suais.

Lucie.

Ce n'était pas possible. C'était un montage. Une représentation. Une reconstitution intime dégoûtante. Ils sont allés se faire des photos pornos, plus tard, sur les lieux du meurtre, pour pimenter, pour, merde. Ce n'était pas possible.

C'est le claquement sec qui m'a fait me retourner.

Hans était derrière moi, dans l'encadrement de la porte, dégoulinant d'eau. Immense. Des mèches de cheveux plaquées sur son visage. Les yeux vagues.

Un fusil de chasse à la main.

Il venait de refermer le double canon d'un coup sec.

On s'est regardés. Entre les éclairs de l'orage qui se succédaient rapidement. Je ne pouvais rien dire. Tout était, en moi, arrêté. En pause. J'attendais confusément qu'il profite d'un coup de tonnerre pour m'abattre.

Il a allumé la lumière, une ampoule nue pendant du plafond sur son fil torsadé. Tout devenait un peu jaune, sinistre, la chambre prit des allures de chambre de torture. Il voulait peut-être me voir mourir.

— C'est pour la photo? j'ai réussi à dire, en montrant l'éclairage, j'avais une voix criarde.

Et dès ces mots prononcés, je me suis retrouvé très calme, presque détendu, hors de tout. Comme un condamné, quand il sait que. Comme sur une balançoire, l'estomac valsant, la tête embrumée, et des images virevoltant devant mes yeux.

Il ne répondait pas, ne disait rien, ne bougeait pas d'un millimètre. Je voyais les deux bouches superposées du fusil me fixer au moins aussi brutalement que ses yeux. Avec le calme est revenue la joie de parler. Après tout, c'était bien le seul privilège accordé à ceux qui vont y passer. Je comprenais tout à coup pourquoi, dans les films, ça parle énormément, au moment crucial. Je croyais que c'était l'instant utile et nécessaire pour tout expliquer, alors que c'est le seul pouvoir que possède encore celui qui a perdu, qui va tout perdre, la seule chose qu'on ne peut lui enlever, sa seule et dérisoire arme.

— Hans je-ne-sais-pas-quoi... Artiste peintre... Photographe amateur... j'ai marmonné, dégoût et dérision mêlés. Se croyant à l'abri de tout... j'ai continué, le regardant fixement dans les yeux. Mais j'ai trouvé, moi... j'ai trouvé... avec un peu de chance. Ça n'a pas été trop difficile.

Mes mains se sont mises à trembler, sans que je puisse les arrêter, les affermir. Elles se mettaient à vivre et à avoir peur toutes seules. Il les regardait, seuls ses yeux bougeaient. Ce type observait, ne réfléchissait pas. Je me suis vu mort, là, dans la seconde qui suivrait. J'ai fermé les yeux en soupirant. J'avais envie de gémir.

— Vous êtes Léonard, il a enfin dit.

L'accent tant attendu.

— Ça se voit tant que ça ?

Il n'a pas poursuivi tout de suite. Il devait penser à des phrases du genre, elle m'avait beaucoup parlé de vous, ou bien, elle vous aimait, ou encore elle...

— C'est vers vous qu'elle est revenue... Qu'est-ce que vous voulez de plus ?

— Je ne veux rien. Je voulais savoir, c'est tout.

— Elle sait que vous êtes ici ?

Il me parlait d'elle au présent, ça me terrifiait, je ne savais pas pourquoi.

— Lucie est morte. Elle s'est suicidée.

J'ai vu le canon du fusil s'abaisser imperceptiblement. Hans marquait le coup. Il ne s'attendait pas à ça. Et puis je me suis rendu compte, trop tard, ce putain d'esprit d'escalier, que je me désignais comme le seul à savoir, désormais. Il me fallait vite faire machine arrière ou foncer dans le mensonge, pour sauver ma peau. L'orage, dehors, semblait s'amplifier. Des volets battaient, à côté, les éclairs fulguraient les uns après les autres, les coups de tonnerre, lointains et proches, roulaient. Le monde extérieur se déchaînait, proche lui aussi d'une sorte d'explication finale.

— Un ami sait que je suis ici. Dans une demi-heure, il prévient les gendarmes.

— Vous êtes ridicule, vous ne savez même pas mentir. Vous êtes le pauvre couillon de mari trompé qui a voulu rencontrer le mec de sa femme, c'est tout.

— Le pauvre couillon, comme vous dites, a trouvé des choses que personne d'autre n'a trouvées, j'ai dit en montrant, d'un geste vague, les journaux, derrière. Comme tous les criminels, vous laissez trop de traces, vous ne pouvez pas vous en empêcher... C'est vous le crétin de base... Sinon, en arrivant ici, je n'aurais pu trouver que des souvenirs de Lucie, et rien de plus.

Il a souri. Pour la première fois passait sur son visage une expression qui pouvait passer pour du charme et je comprenais tout à coup l'attirance incroyable que ce type, rayonnant, pouvait provoquer.

— Ah oui ? Et ce panneau, là, derrière vous, vous l'interprétez comment ?

— C'est pourtant évident.

— Tournez-vous ! il a crié violemment, s'avançant vers moi. Tournez-vous ! Regardez ! Et dites-moi ce que vous voyez !

Frappé par la peur, j'ai cru que j'allais me mettre subitement à geindre, à implorer, ou à pleurer, ou à m'évanouir, je me suis retourné, le nez presque collé à la peau blanche de Lucie, sur le polaroïd.

— Allez ! Qu'est-ce que vous voyez ?

Il m'a tapé le dos du bout de son fusil, en plein sur l'omoplate, m'électrisant tout le haut du corps.

— Il n'y a que moi pour vous entendre ! Allez ! Faites votre flic ! *Unterschwein !* Qu'est-ce que vous voyez ?

— Je vois... je... je vois Lucie, sur une voiture... et vous la prenez en photo...

— Vous mentez ! Vous ne me voyez pas ! Dites ce que vous voyez !

Il m'a retapé avec le canon du fusil, mon nez s'est écrasé contre les journaux. Mes yeux picotaient. Je me suis mis, un peu malgré moi, à parler d'une voix plaintive, monocorde, des deux photos que j'avais devant moi, en les mélangeant, en faisant attention de ne pas interpréter, seulement décrire.

— Il y a une jambe qui dépasse de la voiture, qui n'a pas de chaussure, il fait nuit... le photographe a sans doute utilisé un flash, et cette voiture, c'est une R5, je crois, verte ou bleue, l'article parle de R5 bleue, alors je pense qu'elle est plutôt bleue, et tous ces articles parlent de la même chose, cette histoire, ce meurtre, au mois de mai, ils n'ont pas trouvé l'assassin. Euh...

— Et Lucie ? Comment elle est Lucie ?

Il criait de plus en plus, signe de folie imminente, mais aussi pour couvrir le fracas venant du dehors, ces roulements presque ininterrompus du tonnerre, le crépitement de l'énorme averse, le vent dément.

— Lucie a tout le bas du corps dénudé... une jambe repliée sur le capot, les mains légèrement en arrière... elle porte un sweat-shirt rouge...

— Sa tête...

— Elle ne rit pas, elle regarde l'objectif... elle n'a pas l'air d'avoir peur, elle a plutôt... euh... un air de... je sais pas moi, de défi...

— Vous voyez ?

Il a laissé un peu de silence.

— Vous voyez que vous ne voyez rien ! Pour des gens comme vous, Lucie et quelqu'un d'autre viennent de tuer des gens dans une voiture et s'amusent à poser sur le lieu de leur crime. Une figure bien connue des tribunaux. Les amants diaboliques. Les tueurs des Highlands, toutes ces conneries...

— Ce quelqu'un d'autre, c'est facile de prouver que c'est vous, il y a un paquet de témoins dans la région, comment vous croyez que je suis arrivé jusqu'ici ?

— Justement... les criminels se cachent. Pas nous.

— Vous avez dit : nous.

— Vous êtes un imbécile. Vous êtes nul. Petit. Sans avenir.

J'ai reniflé. J'avais peur. Dans sa voix, c'était des sentences. Ce mec allait m'exécuter, ça ne pouvait plus tarder.

— Vous l'avez rencontrée comment, Lucie ?

— Des détails ? Hein ? Des détails !

Il a éclaté d'un gros rire un peu triste.

— Elle se baignait à poil dans la rivière, au pont du Gard. J'étais là, moi aussi. Trois heures après, on se mélangeait. Ça vous la coupe, hein ? C'est de ta faute, espèce de sous-homme !

Il a alors poussé un cri de rage, puis s'est mis à hurler.

— Déchire ! il a hurlé.

Il m'a encore poussé, avec le fusil. Je me suis cogné une fois de plus sur Lucie.

— Déchire tout !

J'ai arraché les pages de journal punaisées au mur, je les ai déchirées en lambeaux, les laissant tomber à terre. Et, avec les photos, j'ai eu du mal, je voyais le corps de Lucie se contorsionner sous mes doigts, sans parvenir à entamer le bord du carton, alors je les ai froissées sauvagement entre mes mains et je les ai lâchées.

Ses mains m'ont poussé à genoux. Un briquet est tombé.

— Le feu !

Alors j'ai allumé le tas de papier qui s'est mis aussitôt à flamber. J'ai vu les polaroïds jaunir, se gondoler et roussir à jamais. Un petit feu dérisoire, mais au moins aussi infernal que la bacchanale, dehors, menée par les diables de l'orage. Hans m'a alors, toujours sous la menace du fusil, écarté avec brutalité, et s'est mis à piétiner les cendres. Va prouver quoi que ce soit, maintenant. Et puis, il m'a regardé, souriant, et, du canon, m'a fait signe de me remettre contre le mur.

Il a ouvert l'armoire et a sorti une bouteille de bourbon, il a sorti le bouchon avec les dents, et, le regard tourné vers le bas, il ne m'a pas quitté des yeux pendant qu'il buvait une longue rasade.

— Tourne-toi, petit homme, regarde le mur ! il a crié. Tu n'es pas capable de voir plus loin que le bout de ton nez ! Alors regarde le mur !

J'ai entendu vaguement, à travers l'orage, le bruit de la bouteille qui tombait par terre plus loin.

— Je vais te raconter deux histoires. Tu choisiras celle que tu préfères...

— Je ne veux pas. Laissez-moi partir, s'il vous plaît, je ne veux rien savoir...

— Tais-toi ! Tu as cherché. Tu as voulu savoir. Eh bien, tu as gagné ! T'as voulu faire ton petit flic de merde, t'as droit à l'explication finale...

Je pressentais qu'il voulait tout me dire pour se donner le courage, ensuite, de me bousiller. Je me suis mis à trembler encore plus, j'étais une sorte de hochet et, en même temps, je me regardais gigoter, il y avait comme une étrange distance entre moi et moi...

— Tu as le choix...

Sa voix s'était encore élevée d'un cran.

— Ce soir-là, le soir du 25 mai, Lucie et moi, nous sommes sortis de Castillon. On ne trouvait plus grand intérêt à faire ça dans la chambre. On voulait faire ça sous les étoiles, une idée de Lucie, j'ai rarement vu une nana qui baisait avec une telle volonté de le faire. Elle m'assommait presque, à chaque fois, elle m'a bouffé, comme vous dites, vous autres. On a pris la voiture et nous sommes partis au hasard, phares éteints, s'embrassant en conduisant, la bagnole faisait des écarts, on se tapait les bas-côtés, c'était dément, et puis nous nous sommes arrêtés, en plein champ. On s'est vite retrouvés à poil dans la garrigue, on se courait après, j'entrais en elle sous la lune, et puis elle se retirait de moi, d'un coup de reins, et se sauvait dans le noir, et je la rattrapais, plus loin, comme un aveugle, presque. On a fait l'amour deux fois comme ça, en hurlant dans la nuit, c'était extraordinaire. Et on a entendu des aboiements et des coups de feu, pas loin, on a couru, la nationale était toute proche, une voiture a démarré, on a couru encore, et nous sommes arrivés près de la voiture, les deux jeunes étaient morts, la jambe du type tressautait encore, c'est pour ça qu'après, quand j'ai été chercher l'appareil photo dans la voiture, on l'a photographiée, à ce moment-là c'était fini, la jambe ne bougeait plus, et on a baisé sur le capot de la voiture, jamais on n'avait été excités comme ça, c'était extraordinaire, les assassinés juste sous nous, et la peur qu'une voiture arrive, tout ça, c'était terrible, nous sommes repartis complètement allumés, Lucie pleurait, et moi aussi, et puis rien ne fut pareil après. On a bien essayé de se donner des sensations aussi fortes, on avait eu tellement peur, on lisait le journal tous les jours et puis on s'est fait virer de l'hôtel et, deux jours après, Lucie est partie, et je n'ai plus eu de nouvelles d'elle...

Et moi, je regardais le mur, cherchant les traces

qu'avaient laissées les photos et il n'y avait rien qu'une peinture grise un peu écaillée, la trace des punaises, de petits trous blancs, avec un peu de plâtre autour. J'avais envie de vomir, la façon qu'il avait eu de me raconter ce tas d'immondices, je devinais, rien qu'au son de sa voix, un sourire pointer par-dessus le débit haché qu'il avait pris pour me raconter toute cette saloperie. Comme s'il n'y croyait pas. Les larmes ne coulaient plus, j'étais sec, tendu, et je commençais à reprendre espoir, dehors l'orage battait son plein, ça ne se calmait pas, bien au contraire, la nature se déchaînait. La vie reprenait, je me demandais comment sauter sur ce fou et lui faire la peau, le désarmer, lui faire sauter la tête à coups de fusil, peut-être faire semblant de m'évanouir, tomber comme ça par terre, mais il en profiterait peut-être pour me tuer tranquillement, n'importe comment il pouvait appuyer sur la détente à tout instant, un coup de tonnerre trop fort, la surprise, ou l'énervement.

— Arrêtez! j'ai crié, au bord de la crise nerveuse.

Là aussi, je me regardais en train de sombrer. Une part de moi voyait l'autre en train de se déglinguer, de faire n'importe quoi, de partir.

Et puis le mur en face est devenu blanc. Tout a tourné.

Et puis.

28

C'est la pluie sur ma figure qui m'a sorti de mon évanouissement. Hans me traînait dehors, la tête me tournait, je voyais le ciel très noir, avec des nuées blanches passer rapidement, et j'ai vu la façade de sa maison. Il me portait par-dessous les aisselles, je me suis rendu compte que j'avais les mains et les pieds attachés avec des cordes, et il m'a balancé à l'arrière d'une voiture, et je me suis allongé entre les sièges, il y avait de la paille et plein de saletés, ça sentait l'huile. Je ne pouvais pas bouger, j'avais mal partout, la pluie me tombait sur les pieds, un vrai déluge, je tremblais toujours, j'avais froid, je ne savais plus si je pleurais ou si c'était la pluie, et puis des valises m'ont atterri dessus, il partait, j'ai compris, il m'emmenait avec lui, il allait me jeter quelque part, peut-être qu'il allait me tuer à l'endroit exact du crime de la 86, fou comme il était, c'était possible, et le tonnerre toujours, le vent, j'ai entendu des volets claquer sous les bourrasques, une vraie tempête, et puis il a poussé mes pieds violemment pour fermer la portière arrière et j'ai entendu celle de devant se refermer et le bruit du moteur.

Je me suis contorsionné, me tortillant dans tous les sens, retombant dans la position que je venais de quitter quand il prenait rageusement un tournant, j'avais mal au cœur, je me suis vomi dessus, en crachant, en m'étranglant à moitié, en toussant à me fendre la gorge.

J'ai profité d'une longue ligne droite pour réussir à m'asseoir tant bien que mal sur le siège arrière, entre les valises mal fermées dégueulant elles aussi leur contenu à l'intérieur de la voiture. A travers le pare-brise, j'ai vu des platanes fouettés par le vent et les trombes d'eau, tout était gris foncé, un vrai paysage de cauchemar, la route transformée en fleuve de boue, et, sur le siège avant, j'ai vu luire le canon du fusil de chasse, et Hans, qui semblait luire tout autant, trempé qu'il était, son regard de dément passant à travers les mèches de cheveux blonds collés à même sa peau, ce regard qui, dans le rétroviseur, me guettait, toujours cette lueur d'ironie, ou de rire, d'amusement, un clown triste, prêt à faire la connerie qui tue, ou qui fait rire pour ne pas pleurer.

J'ai jeté la tête en arrière, j'en pouvais plus, j'avais mal partout, je puais, le cœur toujours retourné, l'estomac noué, transi de froid, les os glacés, je les sentais comme cassants, la tête vide et en feu en même temps.

A travers le rideau de flotte descendant des nuées, je ne reconnaissais pas la route, je ne savais absolument pas où nous allions, peut-être m'emmenait-il en Allemagne, il allait me laisser dans une forêt noire quelconque, me jeter sur l'autoroute sous les roues d'un camion, *"désespéré, le mari, ne supportant pas la mort de sa femme, se suicide à Montélimar"*..., diraient les journaux locaux, et tout à coup j'ai compris, bien sûr, c'était ça, il allait me noyer quelque part et ça passerait comme un accident, peut-être un suicide. Comme Lucie. Qui saurait ?

Il s'est remis à hurler, accroché au volant, le visage près du pare-brise, pour tenter de percer l'écran aquatique.

— Il y a la deuxième version, petit homme, petit mari ridicule... Pareil, pour tout le début. Mais ce soir-là, dans la voiture, ta femme et moi, nous nous sommes engueulés. Lucie me reprochait d'être mou, de me laisser aller, de ne plus avoir d'imagination. On avait essayé pas mal de saletés, c'était elle qui m'avait demandé de l'attacher, de la battre, elle cherchait des trucs de plus en plus forts, jouir enfin elle disait tout le temps, forcenée tu peux pas savoir, et elle m'a forcé à m'arrêter et elle est sortie de la voiture en courant. J'ai tenté de la rattraper et de la raisonner, alors en pleine nuit, elle m'a tellement embrassé que j'avais la bouche en sang et elle est repartie en cavalant le long de la route. Je suis retourné à la voiture pour la rejoindre plus vite et, quand je l'ai aperçue à nouveau, elle s'était arrêtée pas loin d'une bagnole en stationnement, plus loin, dans l'ombre, sur le bas-côté. Lucie a pris le fusil dans la voiture, j'ai cru qu'elle avait peur et qu'elle allait voir ce qui se passait, c'était anormal une bagnole comme ça, isolée, en pleine nuit, et, sans bruit, je l'ai accompagnée, dans cette bagnole, deux jeunes s'embrassaient, l'un sur l'autre, Lucie voulait les regarder aller jusqu'au bout, mais le chien s'est mis à aboyer alors Lucie lui a tiré dessus, et puis, je ne sais pas pourquoi, elle a continué à tirer, sans trop viser, en criant, en pleurant, et alors, prise de folie, elle s'est à moitié déshabillée, elle voulait faire l'amour là, vite, elle m'a demandé de prendre une photo, j'ai obéi, elle avait l'air tellement folle, et alors, au loin, derrière un tournant, on a vu un éclair de phares, alors on s'est barrés en vitesse et je l'ai amenée ici, pour la première fois, et j'ai peint le grand nu rouge, la plus belle de toutes mes toiles, et après on a baisé comme jamais on l'avait fait et après nous sommes revenus à l'hôtel, et trois jours après, trois jours où Lucie a beaucoup changé, même si elle se donnait avec toujours la même fougue, elle est partie et je ne sais plus ce qu'elle a bien pu faire...

Ça ne ressemblait à rien, ce discours, je comprenais un mot sur deux, je n'avais pas envie de choisir, Lucie était définitivement morte en moi, c'était une autre personne, elle avait perdu toute réalité, ce n'était pas ma Lucie.

— Alors ? Tu penches pour quoi, petit mec ? il a crié en rigolant.

— On va où ?

— Ça dépend de ta réponse.

— La première, je ne m'en souviens même pas.

— Tu es nul, petit homme !

Et j'ai réalisé où on était. Dans le noir presque absolu de la tempête, à travers deux éclairs, j'ai vu la grande dentelle squelettique du pont du Gard.

Sous les bourrasques forcenées, de grands pans de flotte tombant par endroits, les arbres secoués comme par une énorme main invisible, le ciel zébré d'éclairs, une folie, le pont, luisant, était totalement déserté. J'ai aperçu quelques voitures rangées, sous les arbres, les vitres embuées. Personne sous la tempête. Un véritable fleuve traversait la route, comme si le Gardon s'était fait un bras supplémentaire dix mètres au-dessus de son lit.

Hans a fait passer la voiture sur la rive gauche et l'a arrêtée juste après le tournant. Le spectacle était la toile de fond d'un cauchemar. Tout était noir, et l'eau qui dégueulait du ciel semblait noire elle aussi, comme pleine d'encre ou de suie. Je me suis aperçu que je pleurais moi aussi, je ne m'en étais même pas rendu compte, ça sortait comme un orage, je me vidais, sans peine, d'épuisement de l'âme, de peur.

Hans s'est retourné.

— Tu es le mari qui n'a pas supporté la mort de sa femme. Tu es suicidaire. Tu vas être emporté par le fleuve. Peut-être un accident. Qui saura ?

Il avait empoigné le fusil et m'a subitement frappé avec le canon. J'ai vu du rouge, la pluie ou les larmes, je n'ai pas su. La tête me brûlait. Mes yeux s'étaient fermés. Je me regardais comme ne m'évanouissant même pas. Ficelé comme j'étais, je ne pouvais plus bouger. J'ai entendu la portière s'ouvrir. La pluie crépitait sur le toit de tôle. Et le froid m'a reglacé le dos. Il m'a malmené, je sentais ses mains sur mon corps, et je me suis retrouvé la tête en bas, le visage fouetté par les gouttes, comme des lames de rasoir, et par des branches d'arbre. Il me portait sur ses épaules, je voyais aussi ses bottes, et le bas de son pantalon, comme des éponges, et le canon du fusil qui scintillait d'eau, et les rigoles de pluie dans le gravier et sur les grandes pierres.

Il me portait vers le haut du pont.

Le sang me montait à la tête.

Rouge et noir, comme le grand nu de Lucie.

29

C'est le contact avec la pierre froide et mouillée qui a fait revenir Léonard à lui. Le froid aussi, le vent, le fracas, tout autour.

On lui tira sur les mains et les pieds et il comprit que le type lui avait enlevé ses liens. Il se mit à genoux, toujours aveugle, il sentait l'eau lui couler de partout, dans le cou, le long des jambes dures, sous les mains. Il leva la tête, et vit le paysage, tout autour, pris dans l'affreuse tempête, tout était noir et gris, désossé, loin, très loin en dessous, la rivière marron foncé avait grossi, courait plus vite en grondant. Le ciel plombé était encore traversé de petits éclairs successifs.

Il était sur le pont, tout en haut, sur les dalles.

— Lève-toi ! hurla quelqu'un.

Léonard se dit que c'était un cauchemar, ça ne pouvait plus durer, tout tournait, il aurait du mal à se mettre debout, à cause du vent, à cause de son état, il saignait, il se toucha le front, sa main rouge fut vite lavée par la pluie battante, et il vit plus loin, sous fond de cyclone, la silhouette de Hans, le visant avec son fusil.

Il se dit qu'il ne tirerait pas, qu'il ne ferait que le menacer, il voulait que l'on retrouve son corps, plus bas, sur la route ou dans la rivière, ne portant que des stigmates de chute. L'accident. L'imprudent, le fou, qui monte sur le pont malgré les éléments en furie et Léonard, à bout, dans un autre monde, la tête vide, se persuada qu'il faudrait que le tueur s'approche, et alors, s'il fallait tomber, il tomberait avec lui, dans cet ultime sursaut qu'il s'accorderait, et il pensa à Lucie, elle aussi, il n'y a pas longtemps elle avait été dans presque la même position, avec les phares du camion fonçant vers elle, mais ici, il n'y avait que la pluie, le tonnerre, les éclairs, le vent. Léonard eut même le temps de trouver que ce vent était chaud, lourd, un vrai souffle de diable, et il crut rêver encore plus, c'était comme dans un mauvais film des Tropiques, derrière Hans, sur la garrigue, une trombe plus noire que le noir du ciel, tournoyant sur elle-même, roulait vers eux, allait prendre le pont de travers et les frapper de son maelström, et l'autre qui criait, le fusil brandi, et Léonard qui s'arc-boutait pour ne pas être emporté, et le bruit du démon qui enfle, un ronflement puissant couvrant toutes choses et les cheveux de Hans qui tourbillonnent, Hans qui se retourne, qui voit l'immense colonne se jeter sur lui, Hans qui se met à hurler, mais qu'on n'entend pas, et Léonard qui reste figé, statue de pierre, et Léonard voit le corps du tueur comme se démembrer dans la trombe, il voit aussi l'éclair sortant de la bouche du fusil, il voit Hans partir dans les airs, il sent le choc atroce dans son ventre et il se sent projeté en arrière et il disparaît dans un trou entre deux dalles manquantes.

30

Léonard est allongé dans le goulet de l'aqueduc, enfin presque rendu en son état, car une véritable rivière y court. Seule la tête de Léonard dépasse de l'eau. Il ne sent presque plus son ventre mais il sait que son sang se mêle à l'eau, et sans doute ses entrailles. Comme le roi Renaud, il pense tristement. Il n'éprouve plus rien. Tout est redevenu très simple. Même Lucie, qu'il aime toujours.

Au-dessus, alentour, la tempête semble se calmer un peu, et le temps paraît s'éclaircir. Mais il sait que c'est autre chose, puisque tout devient clair, même les pierres, même l'eau boueuse qui roule toujours dans l'aqueduc.

Mais il s'en fout un peu, il se trouve clair, lui aussi.

C'est alors qu'il entend un curieux cliquetis.

Un soldat romain, pataugeant, la cuirasse suintante, l'œil noir sous le casque, s'approche de lui et se penche, comme pour le ramasser.

Et Léonard comprend.

En fait, là, sur le moment, il préfère ça à une espèce de grand épouvantail avec une faux à la con.

DU MÊME AUTEUR

Aux Éditions Gallimard

Dans la collection Série Noire

NOUS AVONS BRÛLÉ UNE SAINTE, *n° 1968.*

SUZANNE ET LES RINGARDS, *n° 2013.*

LA PÊCHE AUX ANGES, *n° 2042.*

L'HOMME À L'OREILLE CROQUÉE, *n° 2098 (et Folio n° 2595).*

LA CLEF DES MENSONGES, *n° 2161.*

LE CINÉMA DE PAPA, *n° 2199.*

LA BELLE DE FONTENAY, *n° 2290.*

RN 86, *n° 2377.*

Chez d'autres éditeurs

CINQ NAZES (L'Atalante).

LE BIENHEUREUX (L'Atalante).

LA CHASSE AU TATOU DANS LA PAMPA ARGENTINE (Canaille).

PALMIERS ET CROCODILES (Éditions CLÔ).

SPINOZA ENCULE HEGEL (Canaille).

LA VIE DURAILLE (avec Pennac et Raynal).

LA PETITE ÉCUYÈRE A CAFTÉ (Le Poulpe, Baleine).

55*13, LE TOUR DE FRANCE (L'Atalante).

PARUTIONS FOLIO POLICIER

1. Maurice G. Dantec	*La sirène rouge*
2. Thierry Jonquet	*Les orpailleurs*
3. Tonino Benacquista	*La maldonne des sleepings*
4. Jean-Patrick Manchette	*La position du tireur couché*
5. Jean-Bernard Pouy	*RN 86*
6. Alix de Saint-André	*L'ange et le réservoir de liquide à freins*
7. Stephen Humphrey Bogart	*Play it again*
8. William Coughlin	*Vices de forme*
9. Björn Larsson	*Le Cercle celtique*
10. John Sandford	*Froid dans le dos*
11. Marc Behm	*Mortelle randonnée*
12. Tonino Benacquista	*La commedia des ratés*
13. Raymond Chandler	*Le grand sommeil*
14. Jerome Charyn	*Marilyn la Dingue*
15. Didier Daeninckx	*Meurtres pour mémoire*
16. David Goodis	*La pêche aux avaros*
17. Dashiell Hammett	*La clé de verre*
18. Tony Hillerman	*Le peuple de l'ombre*
19. Chester Himes	*Imbroglio negro*
20. Sébastien Japrisot	*L'été meurtrier*
21. Sébastien Japrisot	*Le passager de la pluie*
22. Pierre Magnan	*Le commissaire dans la truffière*
23. Jean-Patrick Manchette	*Le petit bleu de la côte Ouest*
24. Horace McCoy	*Un linceul n'a pas de poches*
25. Jean-Bernard Pouy	*L'homme à l'oreille croquée*
26. Jim Thompson	*1 275 âmes*
27. Don Tracy	*La bête qui sommeille*
28. Jean Vautrin	*Billy-ze-Kick*

29.	Donald E. Westlake	*L'assassin de papa*
30.	Charles Williams	*Vivement dimanche!*
31.	Stephen Dobyns	*Un chien dans la soupe*
32.	Donald Goines	*Ne mourez jamais seul*
33.	Frédéric H. Fajardie	*Sous le regard des élégantes*
34.	Didier Daeninckx	*Mort au premier tour*
35.	Raymond Chandler	*Fais pas ta rosière*
36.	Harry Crews	*Body*
37.	David Goodis	*Sans espoir de retour*
38.	Dashiell Hammett	*La moisson rouge*
39.	Chester Himes	*Ne nous énervons pas!*
40.	William Irish	*L'heure blafarde*
41.	Boileau-Narcejac	*Maléfices*
42.	Didier Daeninckx	*Le bourreau et son double*
43.	Sébastien Japrisot	*La dame dans l'auto avec des lunettes et un fusil*
44.	Jean-Patrick Manchette	*Fatale*
45.	Georges Simenon	*Le locataire*
46.	Georges Simenon	*Les demoiselles de Concarneau*
47.	Jean Amila	*Noces de soufre*
48.	Walter Kempley	*L'ordinateur des pompes funèbres*
49.	Tonino Benacquista	*Trois carrés rouges sur fond noir*
50.	Dashiell Hammett	*Le faucon de Malte*
51.	Hervé Jaouen	*Connemara Queen*
52.	Thierry Jonquet	*Mygale*
53.	Auguste Le Breton	*Du rififi chez les hommes*
54.	Georges Simenon	*Le suspect*
55.	Emmanuel Errer	*Descente en torche*
56.	Francisco Gonzáles Ledesma	*La dame de Cachemire*
57.	Raymond Chandler	*Charades pour écroulés*
58.	Robin Cook	*Le soleil qui s'éteint*
59.	Didier Daeninckx	*Le der des ders*
60.	Didier Daeninckx	*La mort n'oublie personne*
61.	Georges Simenon	*L'assassin*
62.	Howard Fast (E.V. Cunningham)	*Tu peux crever!*
63.	Maurice G. Dantec	*Les racines du mal*
64.	René Barjavel	*La peau de César*
65.	Didier Daeninckx	*Lumière noire*

Composition Jouve.
Impression Société Nouvelle Firmin-Didot
à Mesnil-sur-l'Estrée, le 13 juillet 1999.
Dépôt légal : juillet 1999.
1er dépôt légal dans la collection : octobre 1998.
Numéro d'imprimeur : 47733.

ISBN 2-07-040642-3/Imprimé en France.

92770